北方往事系列

昨日方舟

孙频 著

江苏凤凰文艺出版社

图书在版编目（CIP）数据

昨日方舟 / 孙频著. -- 南京 : 江苏凤凰文艺出版社, 2025.6. -- ISBN 978-7-5594-9582-2

Ⅰ. I247.5

中国国家版本馆CIP数据核字第2025X9J109号

昨日方舟

孙频 著

出 版 人	张在健
责任编辑	胡 泊 孙建兵
责任印制	杨 丹
出版发行	江苏凤凰文艺出版社
	南京市中央路165号，邮编：210009
网　　址	http://www.jswenyi.com
印　　刷	徐州绪权印刷有限公司
开　　本	787毫米×1092毫米 1/32
印　　张	4.5
字　　数	52千字
版　　次	2025年6月第1版
印　　次	2025年6月第1次印刷
书　　号	ISBN 978-7-5594-9582-2
定　　价	42.00元

江苏凤凰文艺版图书凡印刷、装订错误，可向出版社调换，联系电话：025-83280257

目录
contents

1	001
2	018
3	034
4	052
5	071
6	081
7	101
8	118
9	137

1

我已经想不起来,这条细长的胡同是从什么时候开始慢慢腾空的。它就像一列穿行在时光最幽深处的绿皮火车,慢慢吞吞地往前晃荡,在每一个荒无人烟的小站都要停留片刻,都有几个稀稀拉拉的乘客会下车,到最后,整列车上只剩下了两个乘客,就是我父亲和邱三成。后来中途又加了一个我。

邱三成和老婆早就离婚了,后来他老婆带着女儿成功搬进了楼房,他则一个人被遗留在了胡同里。邱三成过去虽是钳工,却更擅长木工,时常打个案板、打条板凳送给邻居,后来邻居们都走光了,他打了板凳也再无人可送,只能送到我家,所以我家最不缺的家具就是板凳。为了排遣孤独,他在院子里热热闹闹地养了羊、狗、猫、鸡、猪、八哥、兔子、刺猬,还有一只长得酷似猫的猫头鹰,再加上偶尔来串门的喜鹊和麻雀,相当于一个小型的动物园,他还四处向人打听去哪里可以逮到一峰骆驼,这样如果买了什么东西,可以让骆驼帮他驮回来。他每天都出去放羊,若无其事地赶着几只羊横穿马路,来来往往的车辆都得为它们让路。在一个已经有很多高楼和小汽车的县城里,一个老人赶着几只羊悠然出没在马路中间,显得既强悍又飘逸。而且,他那几只羊对吃食还特别糙,只要是绿色的东西就不会放过,路边的绿化带被啃得狗牙参差不说,就连人家门口摆的几盆指甲花都被它们偷吃了不少,连花带叶子一起吃,结果连羊的牙齿都被染红了。

因为每天听着羊、狗、猫、鸡、猪的叫声，那只八哥学会了七八种语言，除了不会讲人话。因为精通多种语言，最后这八哥被卖了一千五百块钱，邱三成为此很是得意，还特意给自己割了猪头肉下酒。他吃肉的时候一定要配上一把葱几头蒜，平时舍不得吃肉的时候，他就用大葱蘸着猪油下酒，吃得满嘴流油，嘴唇和牙齿都闪闪发光。人们背后不叫他三成，而是叫他七成。在我们那个县城，所有介于正常人和智力残疾之间的人统称为七成，这是一种量词的微妙用法，类似于"九成新"。据说后来有好事者给他介绍了个女人，也不用领证，就是在一起打个伙计，起码有人能说说话，他又嫌人家吃得多，赶走了。

很长时间里，这片废墟里就住着他和我父亲两人，这种陪伴让他们变成了介于朋友和亲人之间的一种关系。

胡同里的另一个遗民就是我父亲。母亲已经去世多年，我大学毕业后在好几个城市游荡过，游荡了十年，最后又回到了县城，一来是为了陪伴父亲，二来是心里开始有了某种疲惫感，想给自己放个长假。因为我从小就是在这条胡同里长大的，所以，也勉强能算作这胡同里的第三个遗民。父亲倒是不养动物，他驯养了很多葡萄树，奥古斯特、维多利亚、巨峰、牛奶、玫瑰香、格拉卡、美人指、夏黑、龙眼、红宝石、凤凰、香妃。我猜测，他这么喜欢葡萄树，大约是因为，葡萄树是一种和人很接近的植物，最长寿的葡萄树能活到一百二十岁，和人类的老寿星差不多，年幼的葡萄树是站不起来的，会像婴儿一样在地上爬，需要被人搀扶着上架，才慢慢学会了直立行走。另外，葡萄树还得冬眠，身上盖一层厚厚的土，再盖一层厚厚的雪，和人在冬夜里那种甜黑的睡眠相差无几。而且，葡萄树是植物界的魔术师，能变出油画般的色彩和各种气味，克莱因蓝、波尔多红、巴洛克黄、提香红、舍勒绿、普鲁士蓝、申布伦黄，各种奇异复调的色彩都能在葡萄上看得到。还有葡萄成熟后散发出来的层层叠叠的气味，时而广阔妖冶，时而浓密深邃，有的香气清澈见底，有的则雍容华贵，至于用葡萄酿成的葡萄酒，那就更奇妙了，你甚至能从中闻到蜂蜜、黑胡椒、石榴、牡丹、蘑菇和松木的香味。

站在父亲那棵最大的葡萄树下面的时候，我经常觉得它不像一棵葡萄树，更像一座建筑或是一座神庙，由枝蔓、芽、叶、花、卷须、五光十色的果实、诡异而恢宏的香气构筑而成，又像是植物吸收了艺术之后的表达，类似于雕塑。因为它长得实在太粗壮太高大了，像个自封的葡萄国王。为了不让它遮挡住其他葡萄树的阳光，父亲剪掉了它下半截所有的侧蔓，只留下一根碗口粗的主蔓，这光溜溜的主蔓像条巨蟒一样从土里钻出来，一路蜿蜒爬行，当它终于爬到房顶上的时候，就像存心要报复父亲一般，忽然就喷出了无数的枝蔓，无数的叶子和无数的葡萄。而且，因为这棵葡萄树是经过嫁接的，所以结出的葡萄有紫色的，有青绿色的，有玫瑰色的，还有被紫色和青绿色杂交出的更为高级的提香红和香槟灰。站在房顶一看，这棵葡萄树简直就像一只栖息在房顶上的孔雀，正在那里不顾一切地开屏，只希望人们能多看它一眼。

父亲却真的懂得它的心思，时常爬到房顶上去观看这棵葡萄树开屏。为此他还让邱三成帮着做了一架很结实的木梯，以供他上下房顶。这两排平房曾经是五金厂职工的宿舍，建于二十世纪五十年代，据说刚建起的时候曾是这县城里最好的房子，能分到房子的职工被人羡慕不已。老房子本来就偏矮，加上这两排房子都是平顶，据说这样设计一来是因为北方本身雨水就少，二来是为了能让人们在房顶上晾晒东西，比如咸菜啊，玉米啊，棉花啊，可见当年的县城真正是城乡结合带，刚被招工的人们，身上还带着农民色彩。所以上这样的房顶倒也不太费劲，尤其是父亲，因为一天就要上下好几次，所以踩着梯子上个房顶简直就是如履平地，刚才还见他在院子里站着呢，一扭头，人不见了，原来是跑到房顶上去了。我也跟着父亲爬上房顶，开始的时候动作稍显笨拙，但很快，我便也能算如履平地了。

我第一次爬上房顶的时候，吃了一惊，这是一个我在地上想象不到的世界。因为十几座院子是连成一排的，所以房屋的屋顶自然也连在一起，再加上是平顶的，站在房顶上这么放眼一看，竟像在空中长出了一大片开阔平坦的飞地，在这片飞地上，除了十几只矮烟囱，还有猫和鸽子在这里玩耍和栖息，房顶上也有植物，除了缝隙里长出的狗尾巴草，再就是我家那棵像孔雀一样骄傲的葡萄树了，我干脆给它起了个外号，就叫"孔雀"。

十几座房顶连成的飞地呈狭长型，像是一截正在飞翔的道路，在这里可以跑步可以散步，还可以跳绳打太极；又像一个隐藏在半空中的幽深的洞穴，藏在这洞穴里，我可以看到地上那些行走的人，却没有人会抬头看到房顶上的我。我可以像个隐士一般在这房顶上做饭、看书、愣神，摆张床支个蚊帐，还可以在这里睡觉。十几个院子里，除了我家和邱三成家还住着人，其余的都像坟墓一样荒凉寂静，有两个院子，主人搬出去最早，所以也颓败得最为严重，几近于废墟了。站在房顶上可以看到，被囚禁在院子里的几棵枣树和梨树，正探出脑袋，疯狂地向外张望着。还有父亲在人家院子里种上的那些葡萄树，也快上房了。因为院子中间隔的那些矮墙已经几近于坍塌，所以父亲可以在那些废弃的院子里畅通无阻地出入，他觉得空着也是可惜，便在每个院子里种了几棵葡萄树。我说万一人家主人回来了怎么办？父亲不以为意地说，要是真回来了，门口就有葡萄吃，他们还能不高兴？

站在房顶上还可以看到旁边的五金厂，和这排房子只隔了一条窄窄的马路。这一片被交县人称作是"南木厂"。

苍老的工厂早已停止运转，像个巨大的梦境一样被遗弃在这里。站在房顶上，可以看到厂里那些张着黑洞洞窗户的车间，墙上的红色标语依稀可见，早已干涸的电解池，住着流浪汉的昔日办公室，还有住满鸽子的水塔，那些鸽子时常来我家房顶上串门。父亲经常坐在房顶上，一边抽烟，一边默默与这工厂对视，他在五金厂当工人当了二十多年，想来，不愿搬走，也是因为没有比这里更熟悉的地方了。不过据他自己说，他不愿搬进楼房是因为，在楼房里没法种葡萄树。有时候，他会像只老猫一样，在房顶上无声无息地行走，一直走到邱三成家的房顶上。邱三成是他当年的工友，他们会一个在房上一个在房下地闲聊几句，有时候，邱三成会顺着梯子爬到房顶上（他也做了一架木梯），和父亲下几盘棋或喝两杯小酒。

下棋的时候，两个人静坐在房顶上，如禅定的状态，偶听棋子敲下去的一声"啪"。在他们周围，鸽子追逐着风，而猫追逐着鸽子，它们把他们视为常客或空气，总之已经接受了他们的存在。起风的时候，房顶上的风会比地面上的风更有力更灵敏，此时若站在房顶上，人会被风推着走，如果风更大一点，人就会被风驮起来，有了飞翔的感觉，周围是猫轻捷神秘的身影与鸽子展翅划过的影子，如在梦中。在某一个瞬间里，人和它们化作同类，皆似梦影。但走在地面上的人从来不会抬头看房顶上的这个世界，因为他们根本不知道这个世界的存在，这是一个与地面平行却又坐在飞毯上的世界。

"孔雀"越长越大,爬得到处都是,父亲便又在房顶上为它架了个葡萄架,把它老人家扶了上去,"孔雀"很快就爬满了葡萄架,于是,在这房顶上又变出了一座可以乘凉的葡萄棚,父亲和邱三成再喝酒下棋的时候,就搬到了这葡萄棚下面,房上房下的二元结构被打破,葡萄树作为一种新的建筑材料加入进来,在房顶上又筑起了一座葡萄阁楼,变成了复式的三层结构。晚上,父亲在屋里看他豆腐块大的小电视机,我则拎着蓄电池台灯和一本书,顺着梯子爬到房顶上,坐在葡萄阁楼里看书。我拧亮台灯,"孔雀"慈祥地包裹着我,那盏小小的台灯成了"孔雀"温柔的心脏。

　　正是五月,葡萄刚刚开花,虽然葡萄极爱喝水,但在开花前几天父亲就停止了让它们饮水,因为花期灌水会降低坐果率。我坐在台灯下看了一会儿书,桌子上已经落了一层细雪一样的葡萄花,我心中忽然一阵烦躁，便起身在房顶上来回踱步。即使回到故乡，也觉得自己像个异乡人，觉得这里终究不是久留之地。我想，再过一阵子我可能还是会离开，再次去往城市，可是在那些城市里，并没有我真正的容身之地。

远处的高楼如璀璨的珊瑚，刚刚从黑暗之海中长出来，不远处刚开业的商场灯火通明，霓虹闪烁，商场旁边的肯德基老爷爷永不疲倦地笑着，隐约还能听见孩子们的欢笑声，广场上飘荡着音乐，女人们准时在那里跳舞。我站在那里，就像一个人在热气球上观察着一座城市，我忽然发现，在这样的夜晚，反而能清晰地看到这座小城垂直方向的纹理，如沉积岩一般。显然，最上面一层是那些高楼和灯火通明的商场，而这废墟一般的工厂和那长满荒草的蛇形胡同其实已经被埋在下面了。

我心里一阵难过，我知道，再不能把父亲独自丢弃在这片废墟里了。这次回来，我明显感到父亲变老了，倒不是因为身形的佝偻和白发的增多，而是，他身上多年携带的那些习惯，不但没有消失，反而变得愈发坚固愈发庞大了，大得像只魔瓶，足以把他整个人装进去。从年轻时候开始，他就这样，衣服上必须有口袋，而且越多越好，那时候他也不是具体要装多少东西，口袋更像一种仪式，好像有几个口袋随身带着，就多了不少安全感似的，什么都可以折叠于其中。如果母亲给他买的新衣服上没有口袋，他就会吵着让母亲给他缝两个，越大越好，最好在外面缝两个，里面再缝一个暗兜，就连秋裤上、棉裤上也要缝口袋，母亲说你要那么多口袋干什么？你有多少金银财宝要装？如果母亲不给他缝，他就会把衣服偷偷藏起来，然后说衣服找不到了。在他眼里，没有口袋的衣服就不叫衣服。母亲去世后，他学会了自己在衣服上缝口袋，脑袋上戴个头灯，戴上老花镜，笨手笨脚地把一块布别到衣服上，就变成了口袋。

越到年老，他口袋里装的东西越多，两三斤重的钥匙串，其中多半是没用的钥匙，被我扔掉又被他捡起来的旧手机，一块辨别不出颜色的旧手帕，一本皱巴巴的《葡萄栽培技术》，一只掉了皮的人造革钱包，写着十来个电话的电话簿，还有像什么钳子改锥螺丝刀统统被他装进了口袋里，如果可能，他一定想把整座房子都装进去，甚至把他自己都折叠进去。他口袋里的这些宝贝为他增加了至少十斤重量，然而他一点都不嫌重，只是嫌口袋少，不够用。后来我发现导演马甲上的口袋比较多，就一口气给他买了几件，从此以后，除了睡觉，他身上都套着一件导演马甲，而且把每一只口袋里都装得鼓鼓囊囊的，真是一点没浪费。他就像一只年老的蜗牛，恨不能把全部家当都背在身上，每天缓慢而温顺地穿行在房上房下这两个属于他的世界里。

父亲在这南木厂的胡同里一住就是大半辈子，从未出过远门，年老之后，连城北都不去了，甚至连这条胡同都很少离开。我想偷偷帮他报个旅行团，让他出去看看外面的世界，但一想到他的执拗，又有些心生畏惧，他是连医院都轻易不肯去的人，更何况让他和一群不认识的老头老太太去远方旅游。我后来终于还是和他提了一下旅行团的事，果然，他又假装没听到。父亲言语极少，能省一句就是一句，我俩在屋里待着，经常可以一天不说一句话，我们在屋里走动的时候，就好像随时能从对方透明的身影里穿行而过，有种梦幻感。这可能与他父母去世得早有关系，我从未见过我的爷爷奶奶，也很少听父亲提起他们，想来也是如我和父亲这样尘埃般的普通人，从生到死都不会在这世界上留下一点痕迹。

父亲一天中的大部分时间都用在摆弄葡萄树上了，我回来之后，他就叫我和他一起摆弄葡萄树,给他打打下手。栽种葡萄树之前,先要在院子里挖出大坑,在坑底铺厚厚一层肥料,是他用鸡粪、鸡蛋壳、树叶、馊饭搅在一起沤成的肥,上面填上细沙土,灌水沉实后才能栽种葡萄树。三月份是葡萄出土上架的时候,出土早的话,枝芽易被抽干,出土晚的话,又容易在阳光下变成"瞎眼",所以掌握一个适当的出土日期十分重要。葡萄出土后还容易伤流,一旦伤流,得赶紧点根蜡烛,把蜡泪滴在葡萄的伤口上,伤流就止住了。

在外面晾几天就可以扶葡萄上架了,春季的葡萄饮水量很大,这时候灌水的时候需要一次灌透,否则容易引起土壤的板结。春天也是葡萄树繁殖的时候,可以压条繁殖,也可以插条。嫁接也要在这个时候进行。到了四月份,要在葡萄树下覆盖一层秸秆,这样可以抑制杂草生长,还可以保持土壤的养分,防止返盐。这时候还要在葡萄树下挖坑施肥，父亲就从厕所里挑出粪来倒进坑里，以至于院子里的臭气几天都挥之不去，害得我出出进进都得捂着鼻子。还需要背上喷壶，在葡萄树上喷洒杀虫剂，他居然连个口罩都不戴，我戴了个大口罩，对他说，你也不怕中毒？他假装听不见，他不想搭话的时候就一律假装听不见，你就是趴在他耳边把雷声都扔进去，他也还是假装没听见。这时候还需要抹芽、定梢、留枝，父亲告诉我的口诀是"留早不留晚，留肥不留瘦，留花不留空，留下不留上"。

就这样，跟着葡萄的律令走，居然获得了一个加速度，转眼就到了五月。

2

喝饱了水的葡萄长得飞快,几天就能窜出去一大截,有点像伪装成植物的动物,暗暗长出了手脚,顺着篱架噌噌往上爬,又因为葡萄长有卷须,像极了动物头上的触角。有时候,只一夜的工夫,就能看到又新添了几片嫩绿色的叶子,时间被葡萄树捉住,显形,易容,变幻做树叶的形状,花朵的形状,藤蔓的形状以及隐藏在树叶后面的八角虫的形状。刚到五月份,各个院子里的那些葡萄树就纷纷都爬上了房顶,好似它们天生就知道这是它们将来必去的地方，带点宿命论的色彩。父亲便在房顶上为它们架起更多的葡萄架，他好像存心要和葡萄们做游戏一样，把葡萄架扎成圆形的、方形的、扇形的、菱形的，再把葡萄树扶上这些几何体。不几天的工夫，葡萄树便占领了几何体，并渐渐长成了几何体的形状。高大粗壮的"孔雀"雄踞一边，津津有味地看着这些晚辈，倒好像，这是一群被"孔雀"孵出来的小孔雀。

这天，我和父亲正在房顶上给葡萄树摘心，邱三成带着他的大黑狗，也从房顶上跑过来帮忙，现在父亲和邱三成见面基本是在房顶上，下了房反倒各忙各的去。我一低头，忽然看到房下的那条路上正挪动着一个老人，一个很老的老人。我之所以一眼就看到了她，是因为她实在太显眼了。她看起来都快有一百岁了，反正就是身上驮着很多很多岁月的那种不堪重负，背都被压弯了，接近于九十度。她最显眼的地方在于,她两只手里各拄着一根拐杖,所以打眼一看,感觉就像一只古老的四足兽正在缓缓伏地爬行。我正站在房顶上目送着她远去,不料,她又掉头挪回来了。这次,连父亲和邱三成也注意到房下的这个老人了。我们三个在房檐上蹲成一排,看着四足老人挪过来又挪过去,再挪过去又挪了回来,反反复复在房下的这条路上打转,而且走路的时候深一脚浅一脚,一副随时都会摔倒的样子。

父亲看了半天,自言自语道,这老人家是不是迷路了。邱三成点点头,说,好像是不大认得路。父亲犹豫了一会儿,说,我下去看看,这么大年龄的人了,腿脚又不方便,还出来到处乱跑。说罢起身要从梯子上下去,邱三成拦住他,说从房顶上走更省事。原来,不知什么时候他在自家后墙上开了个小门,这样就可以随时穿墙而过,不必再绕到胡同里去了。于是他们二人从房顶上走到邱三成家，然后下了梯子，再穿墙出去，我则和大黑狗继续站在房顶上瞭望。

只见二人走到那老人跟前询问着什么，那老人因为驼着背，便使劲把脸举起来和他们说话，他们则弯下腰去才勉强能够到她的脸，一边说话一边手里还不停比画着，好像三个驼背正聚在一起高谈阔论。大约是询问无果，两个人停了下来，短暂地交流了一下意见之后，只见他们达成一致，帮老人收起拐杖，然后两人一人架了老人的一条胳膊，把她从地上拎了起来。那老人看起来轻飘飘的，估计老得也不剩多少分量了，她很乖的样子，任由他们把她从路上拎进了胡同，再拎进了我家的院子里。

我连忙下了房，过去一看，果真是一个很老的老人，看上去要比一般老人在时间里沦陷得更深更久，脸上手上的皮肤像核桃一样皱着，褶皱里攒了不少尘土，扒开一道褶子，就能抖出不少灰来，皱纹上面还长满了褐色的老年斑，稀疏的白发挽成了一个又酸又小的发髻，颤颤巍巍挂在后脑勺上。手上的指甲长长的，一看就是很久没有剪过了，伸出手来的时候，有点像童话里的巫婆，右手上戴着一只镶嵌着绿宝石的大戒指，脖子里还挂着一把黄铜钥匙。我问她，孃孃，你多大年纪了？她盯着我看了好半天才说，九十四。

他们把她放在椅子上，又给她倒了一杯水，只见她抱着水杯的两只手在不停地颤抖，是那种控制不住的神经性的颤抖，又想到她走路时东倒西歪的样子，我便猜测，眼前这老人可能患有帕金森症，因为我一个大学室友的奶奶得的就是这个病，那时候老听她说起，还在宿舍里模仿她奶奶走路的姿势，所以对这个病印象深刻。没想到，在这里碰到了从传说中走出来的帕金森。她的手一边抖一边往嘴边送杯子，等于里迢迢送到嘴边的时候，水已经洒了一大半。父亲对我说，这老人家说她在找却波湖，这县城里哪有什么湖，方圆几十里都没有一个湖，我活了六十多岁了，也从来没见过有个却波湖。邱三成从兜里抠出一粒花生米送进嘴里，也附和道，是没听说过。老人听见这话，便又仰起脸，着急地对我们说，却波湖，划船，我爹带我在湖里划船，岸上都是柳树，还有离相寺。

我们这县城镶嵌在黄土高原的某个褶皱里，三面环山，干旱少雨，别说湖了，我从小到大，想见个小池塘都费劲，因为缺水，自然没人养鹅，所以我直到十六七岁的时候才第一次见到了真正的鹅，这才发现鹅原来也会看家护院，甚至比狗还厉害。我把这段经历讲给大学宿舍的同学听，结果被她们当成了笑话。但又想到帕金森症伴随着脑萎缩，随着年龄的增长，老人出现一些幻觉也很正常，便像哄小孩一样哄她道，这周围有个大湖是吧？别着急，慢慢就找到了。

我这时候才发现，这老人不知是支气管有问题还是肺部有问题，即使不说话的时候，也能听到她嗓子眼里发出的呼哧呼哧的声音，好像在她身体的什么地方藏着一只风箱，不管她在做什么，那只风箱都自顾自地在她身体里拉动着。她面无表情地看了我一眼，然后看了看屋里，发现墙角摆着一张床，她便起身，拄着两根拐杖爬行过去，毫不客气地躺在了床上，连鞋都不脱，那可是我的床啊。大约只过了一分钟，床上忽然惊起了鼾声，鼾声响起的时候，那只风箱短暂地停止了演奏。

我皱起眉头，有些不满地看着父亲。父亲不好意思地说，年龄大了的人，又迷了路，就让她睡会儿嘛。然后她一觉就睡到了黄昏时分。近黄昏的时候，我正坐在窗前，就着外面的一点光线看书，忽听有只风箱由远及近地吹奏着过来了，我一回头，果然是那老人家，正拄着拐杖站在我身后。她走路的时候居然悄无声息，好像一只脚上长着肉垫的老猫，她身体里的那只风箱也苏醒过来了，正活泼地吹奏着。可能是为了省事，她走过来的时候只拄了一根拐杖，这使她看起来像只三脚猫一样，有些摇摇欲坠的样子。我心想，这样一个老人，随时都可能摔倒，被讹上就麻烦了，还是得赶紧把她送回家去。便问她，孃孃，你家住在哪道街？你脖子里的钥匙是不是你家门上的？她一眨不眨地盯着我的脸，盯了好一会儿，才面无表情地说，住在大门院里。

看来她住的既不是楼房，也不是像我家这种建于上世纪五六十年代的工厂宿舍，而是县城里那些最老最破旧的房子。我知道这县城里还有一些明清时候留下来的老房子，我上小学的时候，每天都要从一座破败的城门里穿过，那城门里格外阴凉，我每次穿过城门的时候，都要故意大声咳嗽，因为可以听到自己的袅袅回音。上中学的时候，我们的学校就在文庙里，每天出入的校门是古代的魁星楼，那座楼里住满了燕子。但那时候我并不喜欢这些破败的老建筑，连带着整个县城都显得破旧不堪，这也是我当年发奋读书的原因之一，急于离开这个破败的地方，逃往那些更高级更洋气的地方。那些明清时期的老房子很多都是这种大门院。我便又问了一句，什么样的大门院？在哪条街上？半晌，她呆呆回答了一句，大门院里。我只好又问，你家附近有什么建筑没有？离哪儿最近？她像个复读机一样，又重复了一句，大门院里。我不得不换个话题，那你有多大年纪了？她说，九十二。我惊骇道，你上次不说自己九十四吗？她想了想，镇定地说，九十六。

　　我心里暗叫一声不好，连忙把父亲从房顶上叫了下来。这时候窗外的暮色已经浓重了些，加上屋里没有开灯，所以父亲进来的时候，看不清他的脸，只看到他的一个剪影。老太太用两只手拄着一根拐杖，使劲仰起脸看着父亲进来的影子，忽然眉开眼笑地说，我爹来接我了，接我去却波湖划船。一个很老的老人忽然发出这样童稚的欢呼，既温柔又让人心酸，还夹杂着时光紊乱无序之后呈现出的诡异。

我把父亲拉到一边，小声说，这老人家有帕金森症，脑子也已经糊涂了，连自己家住哪都想不起来，这倒好，想送都不知道往哪送了。父亲想了想，说，那今儿黑夜就先住在咱家吧，就这么大个县城，就算我们找不到她家，她的子女们也肯定会出来找她的，这来大的年龄了，脑子还不好使，她的子女们能不管？放下你的心，肯定会来找的，一路问着问着就问到这里来了。我说，那让她睡到哪？父亲毫不犹豫地说，先睡到你床上，你睡到沙发上，反正就一黑夜，将就一下就天亮了。

这排房子当年建的时候都是统一的规

划，一个大点的房间套着两个小房间，那个大点的房间就做了客厅，两个小房间我和父亲一人住一间，他那房间里盘了一张炕，我那房间里则摆着一张单人床，还有一只长条沙发，床和沙发都是他请邱三成做的，事实上，我家的家具大部分都出自邱三成之手。看来也只能这样了。然后我开始做晚饭，煮了小米粥，切了一盘咸菜，烙了几张烙饼，我们三个便坐下来一起吃饭。吃饭的时候我才发现，她嘴里居然没有一颗牙，但她一点没少吃，不声不响地把一整张烙饼都蚕食下去了，她不是用牙咬，而是用牙床慢慢把食物磨碎的，就像在嘴里架了一盘功能良好的石磨。

把她安顿在床上之后，我便躺在了沙发上，刚有了一点睡意，忽听那只风箱又吹奏着飘过来了，然后停住，就对着我的耳朵呼哧呼哧地吹奏着。我一睁眼，果然，又是那老人家站在我面前。她压低声音，很神秘地对我说,女子,给我拿把菜刀进来,别到门后面。我吓得从沙发上跳起来,忙问,孃孃,怎么了?她指了指衣柜,用更低的声音说,有只大老虎躲在里面,吓得我不敢睡觉,快去拿把刀来。我明白了,又是幻觉,为了防止她继续纠缠下去,我便去厨房拿了菜刀挂在门后,说,这下大老虎也不敢出来了,孃孃你快去睡吧。

睡到半夜,我好像在梦中都听见了那拉风箱的声音,猛地惊醒过来,却发现那风箱确实正在我耳边吹奏着,装着风箱的老太太正拄着拐杖坐在我旁边。我呵欠连天地说,孃孃,大半夜的你怎么不睡觉?她见我醒了,很高兴地说,我睡不着,你也不用睡了吧。我困得连眼睛都睁不开,心想,白天睡那么多,晚上怎么还能睡得着。只听她趴在我耳边继续说,却波湖原来很清的,我爹就带我去划船,后来臭得厉害了,皮坊的人都在湖里洗皮子,把湖水都给洗臭了,造孽啊。我像听评书一样,听着听着就睡着了,睡梦中还是隐隐能听到拉风箱的声音。

　　第二天早晨一起床,我就头晕脑胀地上了会网,查了一下帕金森症的资料,果然,帕金森症的症状之一就是晚上失眠和白天嗜睡,症状之二则是幻觉。我气急败坏地对父亲说,这老太太整宿不睡觉,拉着个风箱到处夜游,还说柜子里躲着一只大老虎,非要拿一把菜刀防身,快把她弄走吧,都没法睡觉了。父亲笑呵呵地说,上了年纪的人嘛,糊涂一点也正常。吃过早饭,父亲蹲在葡萄树下拔了一会儿杂草,显然是一边拔草一边在想问题,等草拔得差不多了,他对坐在一旁的老太太说,大娘,走,我引上你去找那个却波湖去。老太太眉开眼笑,紧跟在父亲后面,挥舞着两根拐杖就往外走。因为驼背,她站起来只够到父亲的腰那里,就好像父亲领着一个满脸皱纹的老小孩,步履蹒跚地进了胡同。路过邱三成家门口的时候,邱三成也加入了他们，三人带着一条狗一起出了胡同。我站在房顶上，看着他们煞有介事地在五金厂附近东游西逛，寻找着一个根本就不存在的却波湖。

中午，我刚把饭做好，就见父亲又带着老太太原封不动地回来了。我把父亲叫到厨房，小声问他，怎么又带回来了，这老人家可是重度的帕金森患者，你看她连走路都快走不了了，也不怕讹上你？父亲见锅盖上的螺丝摇摇晃晃，立刻从他机器猫的口袋里掏出一把改锥，一边拧一边说，我就想起我以前养过的那只狗，你妈不想要了，把它装进麻袋里扔到了十几里地之外，过了几天，它又一瘸一拐地跑回来了，也不知道它是怎么一步一步找回来的。她这么大的年纪，脑子又不清楚，连自己家在哪儿都不晓得，把她扔到街上让她怎么活，就先让她住着吧，多一碗饭的事，就算找不到她家，她儿女总要来找她的。

到了晚上，父亲从邱三成家借来了一张床，因为邱三成一个人拥有三张床，平时他想睡哪张就睡哪张，奢侈得很。这张借来的床被安顿在了客厅里，让老太太就睡在客厅里，这样我们三个谁也不干扰谁。

我躺在床上看了会儿书，正准备关台灯睡觉的时候，忽听那拉风箱的声音又由远及近地飘了过来，定睛一看，老太太一手一根拐杖，不知什么时候已降落在了我面前。我以为她又要和我说柜子里躲着一只大老虎，她害怕得不敢睡觉，没想到，她指着窗帘对我说，女子，外面下大雪了呵，我看见地上白花花一片。现在可是五月份，又是幻觉。现在我已经可以肯定，那个叫却波湖的大湖一定是她的另一个幻觉。我便有些不耐烦地训斥她道，快回去睡觉，你不睡觉也不让别人睡啊。

风箱又吹奏着飘远了，我却蛰伏在黑暗中睡不着了，伸长耳朵捕捉着客厅里的动静。正值夜深人静时分，任何一点声音落进黑暗里都会像水花一样荡漾出层层波纹。风箱还在吹，但好像已不再到处游弋，而是待在一个地方枯寂而忧伤地吹奏着。我在黑暗中躺了很久，那风箱一直就那么吹奏着，吹奏着。最后，我终于忍不住了，披衣下床，走到客厅，慢慢凑到她床前一看，果然，一个坍塌的老人正孤独地坐在黑暗中，那只风箱还在她身体里一丝不苟地响着。我说，孃孃，你又怎么了？她把脸慢慢转向我，像个很小的小孩一样对我哀求道，我想喝水。

3

半个月过去了,连个来找老太太的鬼影都不见,与父亲想象中的她的儿女应该敲锣打鼓来找她迥然不同,我甚至有点怀疑,这老太太会不会是被她不孝的儿女给遗弃了,正好被父亲捡了回来。我便不止一次地向父亲暗示道,一个大活人,捡回来容易,再送出去可就难喽。父亲用他惯用的伎俩,像鸵鸟一样把头埋进沙子里,假装听不见,只有一次,他忽然对我说,我老妈要是还活着,也到这个岁数了,怕也这么糊涂了,可怜她都还没有变老就死了。

他房间的墙上挂着两张老照片,一张他母亲的,一张他父亲的,两个我从未见过的陌生人。照片里的他母亲,那张脸最多不超过三十岁,齐耳短发别在耳朵后面,那件黑色立领中式衣服上却可以摆放任何一张年龄的面孔。照片里的她不只比我父亲年轻,甚至也比我年轻,年轻得实在不像个祖母的样子。至于他父亲那张,则更是给我一种穿梭在时间迷宫里的感觉,照片里一个中年男人端坐在照相馆里,身后立着两个拘谨的男孩,一个十二三岁,一个十五六岁,三人都穿着长袍马褂,戴着瓜皮小帽,都面无表情。那个十二三岁的小男孩就是他父亲,而那个中年男人则是他祖父,据说这张照片是当年在北京的一家照相馆拍的。时间之上沉积着时间,层层叠叠,直至成为化石的肌理。我总是不大相信那个十二三岁的小男孩居然是我的祖父,因为和他相比,我已经如此之老，简直应该感到羞愧。

日子就这么一天天过去，每天早晨吃过早饭之后，我就把老太太摆放在父亲房间里的那只单人沙发上，因为坐在那里可以看电视。我把电视给她打开，就出去忙着做葡萄农去了，十几个院子里的葡萄树都等待着被照料。过会儿进来一看，她正以各种姿势在打瞌睡，要么整个人歪到左边，要么歪到右边，要么仰面朝天，嘴巴大张着流着口水，要么把头向两腿间无限耷拉下去，整个背都弯成了一张饱满的弓，随时会折断，在即将把头彻底埋进去的一个瞬间，忽然又反弹起来，接着又慢慢耷拉下去，下去，然后再反弹，简直像一只精确的钟摆。即使把她摆到其他地方，椅子上，床上，台阶上，墙角，瞌睡照旧会传染过来，渐渐地，瞌睡几乎侵蚀了这屋里所有的角落。一个白天基本在断断续续的瞌睡中晃荡过去了，然而，一到晚上，她便拉着她身体里的那只风箱到处邀游，哪里哪里都是她，好像一到夜晚，她便能繁衍出无数个自己，把这三间小房子全部占满。

一天晚上，我从睡梦中被人叫醒，定了定神才发现，自己是被老太太叫醒的，她立在床前，一边推我一边说，女子快去开门呵，我闺女正在外面捣门，她来叫我了呵。一听说她女儿在外面敲门，我心里一阵惊喜，也不管正是三更半夜，连忙披上衣服，去院子里开门。打开门一看，外面连个鬼影都不见，只有午夜的月光像大雪一样落满整条胡同，连胡同里的那些荒草都变成了银白色的，散发着一种洁净的荒凉感，在那一刻，我忽然感觉到，我们好像正住在一片雪地里的废墟上，被无边的大雪和老去的时间包围着，没有人能找到我们。

重新关上门，我对老太太训斥道，孃孃，你白天睡够了晚上不用睡了，这是半夜，别人还要睡觉呢，你不睡也不让别人睡啊。一抬头，不知什么时候父亲也出来了，正站在一汪月光里静静看着我们。

从那以后，老太太就不敢再半夜把我叫醒了，但她照样到处邀游，从屋里游到屋外，从父亲房间游到我房间，带着她破旧的风箱，一到夜晚，她简直像个女王，整个夜晚都是她的。有那么几次，我半夜醒来的时候，发现床前坐着一个黑乎乎的人影，像个肃穆的守夜人，从拉风箱的声音我就知道是她，但我没出声，只是又闭上了眼睛。她也不说话，就那么坐在我床前，缓慢地拉着她的风箱，好像正守着我睡觉，这让我想起了遥远的童年，想起了已经去世的母亲，一行眼泪落到了枕头上，后来竟也慢慢睡着了。

吃饭的时候，她因为两只手不停颤抖，握不住筷子，便给她换了一把勺子，她笨拙地抡着勺子吃饭的时候，又会把一半饭都洒出去。我想起小时候母亲训斥我的话，下巴是个漏斗吗，一边吃一边漏。我便把这话拿出来又训斥她。她挨了训斥之后，吃饭的时候便低着头，牢牢盯着地面，掉一粒米都要猫下腰去捡，捡的时候又掉了更多的米，结果一碗饭吃了足足两个钟头。看她吃饭的时候，我忍不住心生悲凉，看来人这一生真的就是个圆圈，转了一圈又回到了婴儿时代，恐怕接下来就需要别人来喂她饭了。我便又对父亲说，你打算让这老人家就这么一直住下去了？你看看哪有人来找她。父亲呵呵笑着说，再等等吧。

这天半夜，我从梦中惊醒，忽然觉得周围安静得有些异常，再一想，是因为没有听到那只风箱的声音，它经常半夜的时候守在我耳朵边上，在黑暗中一遍遍地吹奏着。我起身到处寻找，没有看到老太太的身影，我有些慌了，推门出去，一院子的月光积水空明，走进院子里如沉入潭底，葡萄叶的剪影层层叠叠地堆积在地上，在院子里的石凳上静静坐着一个驼背老人，整个人向前佝偻着,两只手撑着一根拐杖,身上披挂着一层银色的月光,猛地一看,就像月光唤醒了某种古老的神兽。我走到她身边,叫了一声,孃孃。她一动没动,好像没听见,就着月光,我看到她脸上的泪水正闪闪发光。我搂住她的肩膀说,孃孃,进屋去吧。她慢慢扭过脸来,一边用枯手抹眼泪一边对我说,我爹什么时候来接我啊?你去告诉我爹,让他过来接我,接上我去却波湖里划船,再去德慎楼买马蹄酥,我想吃马蹄酥。

第二天早晨,我把昨晚的情形和父亲描述了一番,他没吭声,等到吃完早饭他忽然说,他要去一趟东街,东街上的老房子最多,那里住的老人也最多,说不来有人就晓得德慎楼在哪。我一听,赶紧说,我也去。这时候恰好邱三成过来串门,身后跟着那只大黑狗,肩膀上蹲着他那只猫头鹰,自从那只八哥卖了个好价钱之后,他就开始驯养这只猫头鹰,这猫头鹰稳稳蹲在他肩上,很像一只长着翅膀的猫。他手里还拎着一瓶酒，他晃晃那瓶酒，很高兴地说，我打问过了，咱们厂的老牛得的也是这种病，手抖得不能握筷子，不过只要喝点酒就不抖了。我说，那邱叔那你赶紧给老太太灌点酒，把你的猫头鹰放出去，陪老太太玩。说罢，我把老太太脖子里戴的那把钥匙装在身上，然后便和父亲出发去往东街了。

父亲能从房顶上下来，还愿意走出这条胡同，我心里很是高兴。从南木厂步行去东街，都像是一场五月的短途旅行。

走到东门口我才发现，这里又新添了一家银行，一家游泳馆，还有一家婚纱摄影店，往东一拐便走进了老东街。在这个逐渐开始现代化的小县城里还隐藏着四条老街，东街、西街、南街、北巷。在我小的时候，它们就已经是老街了，就已经代表着破败和没落，以至于那时候我经过这样的老街的时候，心里总是很害怕，恨不得闭着眼睛跑过去，如今，它们居然都还活着，只是变得更加老态龙钟了。

一走进东街，便能感觉到，时光正在迅速向后退去，整条街像一座忽然浮出水面的孤岛，明亮而诡异。我和父亲又像是来到了被锁在时光深处的一段时光里，脚下是磨得锃亮的青石板路，街道两旁全是凋敝过时的老店铺，有的已近乎废墟。这些苍老的店铺几经易主，如今被占领为理发店、杂货店、粮油店、照相馆，屋檐上的荒草在阳光下闪着金色的光芒，浑浊的玻璃后面晃动着鬼魅般的人影，有点像皮影戏。父亲一边走一边自言自语，去哪儿找这个德慎楼呢？

我们走着走着就走到了郑黑小喜寿店的门口，整条街上就数这里最热闹，见门口坐着五六个老人，我们便也凑了过去。我站在门口往里一张望，因为不开窗的缘故，里面一团漆黑，加上是老房子，只觉得阴森森的，等眼睛适应了黑暗，却又忽然发现，黑暗中隐隐浮现出七八副棺材，身形宏阔，上面还绘着精致却不祥的花纹。大概是为了对抗里面的阴气，棺材店的门口却摆了十几盆花草。说来也奇怪，在这离死亡最近的地方，这些寻常的花草却开得分外烂漫，于是连死亡都带了几分喜剧色彩。这可能是因为，墓地和花园之间是暗暗存在着一条通道的，就如同城市和乌托邦之间。

门口坐着的几个老人，有一个是老妇人，长着一嘴怪石嶙峋的龅牙，厚厚的嘴唇都包不住，嘴里还戳出一根烟来，有点像象牙。一个是患有白化病的老头，眉毛、胡子，连眼睫毛都是白色的，好一个洁净的老头，真像个雪人，雪人却偏偏把头发染成了黑色的，就像在头上戴了顶黑沉沉的草帽。雪人旁边坐的一个老头却是面如锅底，连嘴唇都是黑色的，简直像个非洲土著，我猜测他可能患有严重的肝病。把他和雪人摆在一起，一白一黑，像围棋里的两枚棋子，倒也匹配。还有一个老头眼睛极大,简直占据了整张脸上三分之一的面积,却瘸了一条腿。店主郑黑小是个六十多岁的老头,正坐在门槛上演讲。他的眼睛只有绿豆大,又长着一只鲜红的酒糟鼻,就像在脸上安了一颗草莓,裤腰提得极高,几乎提到了胳肢窝那里,腰带上还别着一只炸药包一样大小的手机壳。只见他把裤腰又往上提了提,高声演讲道,我卖了这么多年棺材,见过的死人比活人还多,什么不晓得?你们是不晓得,现在的南木厂、东关超市、县医院一带,从前都是乱坟岗,当年建五金厂和县医院的时候,往下一挖,全是棺材,还有的地方摞着三层棺材,一层比一层古老,民国的摞着清朝的,清朝的摞着明朝的,还挖出了几个古墓,里面还有陪葬呢。像那东关超市,盖起也有好几年了吧,你们去看吧,每年一到清明,就有人在超市门口烧纸,那下面都是墓子啊,埋着人家的老人呢,还不让人家烧纸?

听到这里,我心里暗暗吃了一惊,五金厂和我家胡同所在的那片儿就叫南木厂,也就是说,五金厂和那两条胡同都是在坟地上建起来的。怪不得月光一落进胡同里,我就会有一种身在墓园里的感觉。转念一想,当年在坟地上建起那座工厂和那两排平房的时候,该是何等新鲜和美好啊,几十年过去了,南木厂又重新出现了墓园里才有的寂静和枯肃,可是前前后后这么连起来一看,不过是时间把那点新鲜和美好拿出来炫耀了一下,很快便又收回去了。时间才是真正的君王。

这时,只听父亲不动声色地说,郑师傅,你对这条街比谁都熟,有没有听说过有个德慎楼?郑黑小摸着草莓鼻想了半天说,这个倒没有听说过,这德慎楼是作甚的?父亲刚要答话,忽见那个大眼老头用一根指头指着郑黑小说,你说他比谁都熟?笑死我了,你们就听他吹吧,他当年借了我一把斧子,后来就赖掉了,都没还我,什么素质。郑黑小痛心疾首地拍着大腿叫道,我赖你的斧子了?你今儿把话说清楚,不行咱们现在就去东门口摆擂台去,让人们都过来评评理。

那大眼老头抚着那条瘸腿站起来,狠狠地笑了一下,又猛地把笑容收起来,对郑黑小说,老子跟你摆擂台?算尿了,你知道什么是素质?老子当年考大学差五分没考上,老子每天晚上熬夜看小说,一宿就能看完一本,你去老子家里看看书有多少,你算个尿。然后又把刚才用过的那根指头指着父亲说,你不是要找德慎楼?你问错人了,应该问我才对,你就是不问我我也得告诉你,我一看见你们这些无知的人就觉得可怜。然后把那根指头又掉了个方向,指向喜寿店斜对面的一家杂货铺,倨傲地说,看见了吧,那就是当年的德慎楼,清朝的时候,德慎楼的点心是全县最有名的,有点头脸的人都来这里买点心吃。说罢又猛地笑了一下,又迅速把笑容收回去了,然后扶着那条腿,一瘸一拐地走了。郑黑小坐在门槛上没动,只对着那背影说,你们看看,一条老光棍,也不晓得人家牛×个甚,一辈子穷得连婆姨也吃(娶)不起。

斜对面那家杂货铺看上去和别的商铺并没有什么区别,抬梁式硬山顶建筑,木板式门窗。我和父亲走进去一看,店里光线昏暗,一截笨重的老式柜台像鲸鱼一样横在幽暗处,鲸鱼肚子里塞满了花花绿绿的商品,香烟、火腿肠、方便面、罐头、啤酒、糖果、老白汾,搅拌在一起,竟也在幽暗处发酵出一种光芒。柜台旁边摆着两只一人高的大瓮,一只上面贴着"醋"字,一只贴着"酱油"。一个老头戴着老花镜,正躲在柜台后面看一本厚厚的书。这条街简直就是一个老人的王国,住着的全是被遗留在此的老人，与那些苍老的建筑浑然融为一体，好像这些老人本身就是建筑的一部分，与那些砖瓦、石狮、脊兽无异。我走过去一看，他看的是本破旧的《康熙字典》，柜台上还摆着一把鸡毛掸子，一只乌黑油亮的算盘，好像这世界上所有那些古老的稀有物种都能在这里找着似的。

父亲上前问了一句，师傅，这店可是你家老人留下来的？老头慢慢把一颗花白的脑袋从书里拔出来，眼镜悬挂在鼻子上，他从眼镜上面看了我们一眼，说，我家老人什么也没留下，这店面是我租下的，这里的房租便宜，凑合着打闹两个小钱。我说，这店是不是原来叫德慎楼？一听这话，店主从柜台后面猛地升了起来，居然是个大高个，他操起鸡毛掸子，一边使劲掸柜台，一边对我们说，我这是做买卖的地方，你们要是不买东西就出去。

我和父亲只好讪讪地出去了，到了门口

一看，那大眼老人不知什么时候已经等在门口了，见我们出来，又是冷冷一笑，说，你们问也是白问，这德慎楼的后人都不知道流离到哪儿去了，这么多年都没人问他要房租，你们问他这是不是德慎楼，他还以为是要房租的来了。我诧异道，叔，你怎么什么都知道。他抚着那条瘸腿坐下，指了指里面，说，先给我弄瓶啤酒让我润润嗓子。我连忙返身进了杂货铺，买了一瓶啤酒一包五香花生米出来。

他一口气把半瓶啤酒喝了下去，又往嘴里扔了几粒花生米，这才开口道，我是谁？我可是当年差五分没考上大学的人，和他们不一样，别人看我可怜，我又看别人可怜，也不知道到底是谁可怜。然后又仰起脖子把剩下的半瓶喝完，眼睛里放着光，继续道，我知道的多了去了，我不光知道这是德慎楼，我还知道郑黑小的棺材店从前是复成源杂货布匹庄，前面卖种子的那家从前是福聚源钱庄。喝了你的酒，干脆就给你多讲点吧，我们这里离晋中近，受经商风气的影响，当年出过不少商人，城关的商号基本集中在东街和北巷，当年的东街和北巷可不是一般的繁华，光这东街上就有百十来号商铺，像什么庆记绸缎庄、庆源当、万育堂、德慎楼、二合堂、崇仁堂、宝和顺、义盛斋，全在这条街上。各个商铺都是整年做买卖，一直做到除夕夜，初十开市那天，各家店铺都是张灯结彩，锣鼓喧天，店伙计在门口放千鞭，掌柜的穿着长袍马褂在柜台上摆出大盅黄酒接待来宾，还要在府君庙演开市戏三天。知道府君庙在哪不？就是今天的印刷厂。

我心里有些震撼，说，叔，你应该去史志办工作啊，你不去那里不可惜了？大眼有些委屈有些惆怅地说，是我想去就能去得了的？我又赶紧说，叔，既然没有你不知道的，那就再问你点事，你知道这条街上住着一个九十多岁的老太太不？脑子有点糊涂了，驼背，一只手里拄着一根拐杖。他晃了晃酒瓶，发现里面一滴不剩了，这才扔掉酒瓶子，然后笑着指了指我身后，这样的老人多了去了，你后面不就是一个。我一回头，果然，一个驼背老人正慢慢从我身后挪过去，也是一只手拄着一根拐杖，看起来简直像那老太太的孪生姐妹。

等我再回过头，大眼老人已经起身，一瘸一拐地走了，走了几步他忽又回头对我说，女子，看你像个读过书的人，下次记得给我带几本书过来。我说，叔，怎么称呼你。他头也不回地说，别人都叫我大眼。我忙说，大眼叔，下次一定给你带书过来。

4

六月的小葡萄开始迅速膨大,父亲带着我爬上房顶进行疏穗和疏粒,太小的葡萄要疏掉,大得鹤立鸡群的果粒也要疏掉。父亲还对葡萄穗进行修剪,从而把葡萄穗雕刻成心形的、球形的、圆柱形的,对于那些长得特别好的果穗则要套上纸袋加以保护,像巨峰这种靠散射光着色的品种则要套上透明的袋子才好。"孔雀"长出了上百串葡萄穗,有风路过房顶的时候,它便借助风力,用自己的叶子爱抚着那些青色的小葡萄,有了点做母亲的样子，也没先前那么倨傲了。有些年轻的葡萄树是第一次挂果，只能很羞涩地捧出一串葡萄，父亲也认真地帮它们疏粒。

父亲和邱三成一起，在房檐下做了个滑轮，滑轮下挂了个大篮子，先把老太太装进篮子里，再利用滑轮把她运到房顶上，这样，老太太也可以上房了。他们又在一把旧椅子下面装了四个轮，也运到房顶上，让老太太坐在椅子上，推着她在房顶上走。房顶上太平坦了，我推着她走着走着就跑了起来，加速度让我们变得轻盈异常，似乎和飞鸟和风成了同类。我对椅子里的老太太说，孃孃，你看，你也飞起来了。她张开没有一颗牙齿的嘴巴，脸上笑得皱成了一团。

这一日，邱三成得了半个猪头，拿八角卤到烂熟后拿过来与我们分食。父亲见状，很高兴地说，正好喝点酒，今年的酒也该出窖了。他有一只巨大的酒瓮，因放在院子里太占地方，他便想了一个办法，把这大瓮埋到了地下，只露出一个瓮口，再用石板盖住，猛一看倒以为是个井口。这口瓮有一人深，当年酿的葡萄酒基本能装得下，父亲在每年葡萄成熟的时候都要酿一瓮葡萄酒。他酿的葡萄酒在县城里声名远扬，每年都有熟客登门来买酒。酒瓮变枯的时候，我曾跳下去过，里面有一种沁入骨髓的阴凉。我试着让父亲把石板盖上，那种绝对的黑暗立刻让我想到了墓穴，人死后必将去往的地方，就好像提前感受到了死亡。与此同时却又想到，所有葡萄的根，所有的种子都生长在这样的黑暗中，于是，又感受到一种奇异的生命力正暗暗奔涌在我的周围。

每年开窖的时候都要有个仪式，父亲在院子里摆了桌案，焚了三炷香，祭拜和感谢葡萄树，然后把酒瓮上的石板挪开，打上一坛酒来，先在葡萄树下倒三杯，人才能开始喝。祭拜完葡萄树，父亲把这坛酒也用篮子吊上去。我们四人坐在房顶上，坐在葡萄架下，就着猪头肉喝着葡萄酒，不时有碧玉般的小葡萄从架上跌落下来，有的正好掉进了酒杯里，会溅起一朵紫红色的酒花。葡萄酒是去年深秋时节酿好的，封在瓮里，在地下埋了一个冬天，四季的脉搏、雨雪的精魂，都慢慢沁入瓮中，所以在这酒中居然能喝到落叶、雪花和青草的味道。

我们都喝了不少酒，就连老太太也喝了几杯酒，我趁着酒兴说，邱叔，孃孃，我告诉你们个秘密吧，你们知道南木厂这一带的葡萄为什么长得比别处好？因为在没有盖起这两排房子之前，这里是一片乱坟场，下面埋的都是死人，人死了变成了肥料，可是葡萄树会吸收地下的肥料，所以长得不好才怪呢。有的地方还不止一层棺材，往下能挖出好几层，一层摞着一层，就是说，古代在这里生活过的人死了，被埋在了这里，新的人就在这上面活了一辈子，又被埋在了这里，然后，又是更新的人，活完了，死了，还是被埋在这里。我们这脚下都不知道埋着多少代人,就像一座埋在地底下的塔一样,这塔在地底下还在不停地生长呢,别看我们今天坐在最上面,再过几千年,我们就也沉到塔底去了。

邱三成咂咂嘴,说,乱坟岗?怪不得我起夜的时候,老是能听见胡同里有人在走动在说话,出去一看,连半个人的影子都看不见,原来都在地底下呢。酒精抽走了老太太的一部分笨重,但手还是照抖不误,她身体里那只风箱的功率更大了,简直是在轰鸣。不知她听懂我的话了没有,只见她缓缓站起来,推着自己的轮椅就往前走,眼看再走就要掉到房底下去了,我连忙把她拽住。她指着房下的那条路,认认真真地说,却波湖的水好大啊,我爹坐着船过来了,他叫我呢,二女,带你划船去。她的话起到了一种致幻效果,我恍惚觉得这房顶是一座孤岛,而这孤岛正浮在茫茫湖面上,不只是天光云影被收入其中，就连眼前这老人的身世也像秘密一样倒映在湖中，一切都被缝合起来，状如一座迷宫。我忽然想起了勒诺特尔式园林里的那些湖泊和河流，它们会把天地间的一切都捕捉到园林中去，包括一瓣落花和一只飞鸟。与眼前这老人的幻觉竟有异曲同工之处。

但我还是说，孃孃，那都是你的幻觉，幻觉就是你脑子里编造出来的东西，这里以前根本没有什么湖，这里原来是一片坟场。她好像完全没有听见我在说什么，自顾自地说，这里是却波湖，那个是离相寺。说着她指了指五金厂里的那座水塔。听到这里，我心里不知什么地方忽然咯噔了一下，凭我有限的常识我大致知道一点，这类因小脑萎缩正渐渐走向痴呆的老人，都有一个共同的特点，那就是，最近的事情会忘得最快，反而越是那些遥远的回忆越是清晰牢固，他们在世上绕了一个大圈，最后又绕回到了自己的童年。

我和父亲决定再去一趟东街,临走前我特意拿了几本书。走到郑黑小喜寿店门口的时候,我看到大眼和郑黑小正坐在门槛上喝酒,他们面前摆着一瓶几块钱的高粱白,一人手里拿着半根黄瓜下酒,哪像因为一把斧子扬言要摆擂台的架势。我走过去把几本书递给大眼,说,大眼叔,给你拿了几本书,也不知道你喜欢看什么方面的书。大眼扔掉黄瓜,喜眉笑眼地把书接过去,说,只要是书我就爱看,我尤其爱看文学方面和历史方面的,一个通宵就能看完一本。我说,那正好。而他已经不顾一切地沉到书里去了,这种专注多少带有点表演的色彩,是做给人看的,但还是很让我感动。他旁边的那个老人则顶着他的草莓鼻,继续不紧不慢地喝酒,他们身后是幽暗阴森的棺材店和几口隐隐浮现着的棺材,离死亡如此之近的地方竟变成了一种庄重静穆的舞台背景,而这棺材店的门口则变成了一个小型的剧场。

这时,父亲凑过去问大眼,大眼师傅知道得多,那就问问你,去哪儿找这东街上的大门院?大眼在指头上吐了点唾沫,又翻了一页,然后头也不抬地指了指前面,嘴里指挥着,一直往前走,过了丁家祠堂、福聚源钱庄,再过了德聚兴绸缎布匹庄、永通川颜料杂货店,还有天寿永药店,东记当铺,一直走到华泰银行那儿,就能看见一人巷,从那巷子里拐进去,里面多的是。

我和父亲便按照大眼的指挥,沿着东街往前走,街道两边林立的全是破败的昔日商铺,有硬山顶,有歇山顶;有单檐的,有重檐的。还有一座带着优美的飞檐,屋檐上的脊兽或破损或隐没于荒草之间。我们分不清哪一座是丁家祠堂,又哪一座是福聚源钱庄,只见浑浊的玻璃上贴着"理发""拔牙""桃花面""织毛衣"之类的字样,有一座商铺的门楣上隐约刻着"布匹"两个字,还有一座商铺的招牌上依稀能看到一个"当"字。走在这样一条街上,就像穿行在一场被时间变出来的幻术中,你知道你看到的是房屋,你却又并不相信它们是房屋,也许到明天,它们就会变回原形,变成一片荒坟,或是一缕青烟。想到这里我心里一惊,难道幻觉也能传染,老太太的幻觉已经传染给我了?

走着走着,我们看到一家店铺上面刻着几个大字"华泰银行",墙上却用红油漆歪歪扭扭地写着"批发油糕",在这银行的旁边果然有一条很窄的巷子,仅容一人通过,难怪要叫一人巷。我们走进了巷子里,两边是青砖砌起来的高墙,高墙中间夹着一条蛇形的天空,还不时被墙顶的荒草遮住,走在这巷子里,不禁又产生了一种幻觉,觉得所有的青砖像箭镞一样正射向前方,于是便形成了一个时间的隧道。

等到走出这条窄巷,我忽然发现,我

和父亲竟然走进了一片古民居里，多是明清时候的建筑，有三合院，有四合院，街门有垂花门、抱厦门、月形门，还有不少是圆拱门，我们当地人一般都把有这种圆拱门的院子叫作大门院，说明老太太就住在一个这样的老院子里。这片古民居里的巷陌如蛛网纵横，有的窄到只容一人侧身通过，就是宽一些的巷子也只容三四个人并肩行走，而且这些巷陌都是曲里拐弯透迤蛇形的，眼看前面就没有路了，一拐弯，又有两条明灭可见的小径被变了出来。沿着其中一条小径往前走，走着走着，发现小径的尽头是一座破败的荒寺，寺庙已几欲坍塌，废墟中却依然有香火袅袅。我们只好退出来，沿着另一条小径再往前走。这是一座真正的古老的迷宫，栖息在一个早已被人遗忘的角落里。

有些房子可能比明清时候更为古老，有可能是宋朝的，还有可能是唐代的，屋顶都没了，只留下四堵光秃秃的墙壁，墙上的窗户洞开，我从窗口看到里面绿油油一片，居然有人在里面种了蔬菜，你的目光还能从对面的那扇窗口透视出去，看到窗对面的房子，这破窗倒有了几分园林中取景的纵深感。还有一扇垂花门完全被野草网住和吞噬了，于是那木门的枯骨又还魂为一扇绿色的新门，但是野草的生命力实在过于旺盛了些，活泼泼的，所以看上去又像一张绿色的血盆大口悬挂在墙上，多少有些惊悚的意味。

我们所经过的几家大门院，不是院门紧闭，就是院子里空空荡荡的，叫几声也无人应答，也不知道屋里到底有人没人。当我们又穿过一条羊肠小径的时候，眼前赫然出现了一扇彩门，这其实也是个大门院，只是装饰得过于五彩斑斓了些。门口种着几株一人高的月季，红色和粉色的月季花像灯笼一样挂满枝头，月季旁边摆着几个大花盆，里面种着油麦菜和生菜，红绿相衬，便有了一种最世俗的热闹和喧哗。主人还嫌不够，又在圆拱门上挂了不少假花，黄色的、玫瑰色的、大红色的，都是最俗艳最明亮的颜色，简直像在门口搭起了一座彩虹，我这才发现彩虹下面还藏着四个字"中华神医"。

正在这时候，门从里面被推开了，走出来一个高瘦的老头，稀疏的白发整齐地梳到脑后，一把雪白的山羊胡子搁在胸前，两只手背在身后，胸前像军功章一样挂满了花花绿绿的奖章。他看见我们站在门口，便问，你们来看病？我说，大伯，你这里能看什么病？他有些不悦地说，你不知道我擅长针灸？几针下去，大部分病都能给你治好。我指指他胸前的奖章，说，这都是你的奖章？他用手拂了拂胸前，立刻一片叮当之声，他倨傲地说，还能有假？我看到他身上的衣服已经很旧了，领口已经磨破，布鞋也破了一个洞，便转移话题，大伯，你种了这么多花啊，真是实活（会享受生活）。他叹息道，我今年八十一啦，我老伴儿都走了七八年啦，一个人还是孤闷得厉害，我准备再娶一个老婆。我说，结婚是喜事啊，有对象了？他高兴地点点头。见他有些高兴了，我便赶紧问道，大伯，你们这附近有没有住着一个老太太，拄着两根拐杖，脑子有些糊涂了，什么都不记得，就记得她住在一个大门院里，小名应该叫二女。

他爱抚着自己那把山羊胡子说，这一带拄着拐杖的老人多了，叫二女的老太太也多了，不过，她要是住在一个大门院里，说明她祖上兴许是皮商，大门院是为了便于驼队的出入。父亲一听这话，忽然来了兴趣，凑上来就递烟。老头摆摆手，拒绝了，但见父亲有兴趣，便有些得意，继续说，我家祖上也是皮商，就是家道没落了，从我这一代才开始学医，你们可能不清楚吧，在光绪年间，光这东街上就有一百二十多家皮坊和皮店，平遥的商人多经营钱庄票号，我们交县呢，就以皮商为主。当年，全国各地的达官显贵都来我们这里买皮货的，光是外国来采购皮货的洋行就有四十多家，像什么德国的瑞记、志诚，英国的高林、华泰，美国的德泰、永丰，法国的立兴，日本的三井，荷兰的恒丰。我恍然大悟道，原来东街上的那家华泰是英国的洋行啊。

老头又叹了一声，说，想当年，我家老人的买卖都做到俄罗斯了，现如今，也就留下这么一个大门院。当年我们这里的皮货买卖已经做得很大了，买客们从陕北、甘肃、宁夏、蒙古、西伯利亚进回生皮来，再卖到北京、天津、江苏、东三省，还要从天津出口到英美等国，每年光出口的羊皮就有几十万张。皮货生意又带动起了驼帮、骡帮、车帮、镖局、钱庄、票号的兴旺，当年的东街那可不是一般的热闹啊。皮货里数滩皮和滩二毛最值钱，你们晓得什么叫滩皮不？就是在戈壁滩上放牧的滩羊的皮子，滩皮的皮板薄，分量轻，毛锋长还有七道弯，稍次一点的滩皮叫"头顶一枝花"，就是毛尖上稍稍有点卷曲。我家老人从前去陕甘宁贩滩皮的时候，都是先坐筏子走峪道河，经黄芦岭，过吴城、柳林、离石，到了碛口后，驼队就过不了黄河了，因为那里的黄河遍布碛石，水流很急，要坐渡船过黄河，在等不到船的时候，抱个空桐就游过黄河到绥德了。

我忍不住问他，什么是空桐？他好像怕我跑了，说，你在这里等着。说罢进了院子。片刻之后，山羊胡子老爷爷抱着一只羊形的气球出来了，他们组合在一起有一种苍老的娇憨。羊的四只脚还在，脖子也在，只是少了个头，就这样一只羊形气球居然可以在黄河里把人引渡向彼岸。因为时间久了，羊皮早已变硬，摸上去有塑料的感觉。他很得意地说，这就是空桐，我家老人留下来的，现如今你也见不到几个空桐了，买客们在旱路的时候把它放掉气带在身上,到了黄河边再吹起气来,就能抱着它过河了。听我家老人讲,从前的东家对买客的要求可不是一般的高,招驸马也不过如此,要看道德品质、门第家风、业务水平,连仪表相貌也要看,所以买客们大都是些端正俊美的人物,你们想想,这样一些标致的人物骑着骆驼、骑着马、坐着船、带着空桐,穿过吕梁山,过黄河,到达陕北、宁夏、戈壁滩,要么就去了内蒙古的大草原,是不是像画儿上的一样?你们知道我太爷是怎么死的?就是那年月他带着马帮去陕北收购羊皮,回来的时候为省时间抄了近路,走了一条悬崖峭壁上的小路,那路窄得只容一匹马通过,他的十匹马就一匹跟着一匹,慢慢走在这窄路上,不想,走了一半的时候碰到了对面走过来的马帮,这么窄的路上,马帮是没法掉头的,唯一的办法就是数数谁家的马多,数的结果是,对方的马帮比我太爷的多了两匹。

按照当时的江湖规矩，我太爷从从容容地把皮货卸下来交代给对方送到我家中，然后把他的十匹马一匹一匹地推下悬崖，最后，他纵身一跃，也跟着跳进了悬崖，为对方的马帮让开了路。十几年前我还去了趟陕北，就是想寻一下我太爷跳崖的地方，哪里还能寻得见。

在我们回去的时候，月亮出来了，幽深狭窄的巷子里积满月光，就像一条条银色的河流，静静流淌在这些破屋古寺的旁边，我和父亲则像两条鱼一样游动在河底。我们脚下的青石板路和屋檐上的那些荒草都散发着一层淡淡的银光，一座高耸的门楼在月光下只剩了一个黑黢黢的剪影，看上去分外阴森。我忽然想到，在多少年前，那些马帮驼队也是来来回回地走在这样的青石板路上，带着茶砖、羊皮、布料、药材。正这么想着，忽听见身后真的传来车辘辘声，我吓了一跳，疑心我们是乘着月光误入了时间深处。时间与岩石同质，都能看到沉淀于其中的一层层纹理。

一扭头，原来是一个推着手推车的老人刚刚拐进了巷子，正艰难地推着车行走。住在这一片的老人多数没有什么收入，所以有些老人一大把年纪了还得做点小本生意，推着手推车卖点烙饼糖葫芦之类。我连忙过去帮她推车，父亲也过来帮忙，我们一直把她送到了家门口，一扇垂花门前，门楣上缀满精美繁复的木雕，只是已经腐朽破败。一进门有道影壁，上面有个很小的神龛，有个巴掌大的土地公住在里面，沉默而庄重地看着我们。在他那间小小的房子里，不知道存放着多少关于这条老街的秘密。我们帮她把车推进了院子里，然后我顺便问了一句，孃孃，你认识一个叫二女的老人不？她指了指自己的耳朵，摇了摇头，步履蹒跚地向屋里走去。

从老人家出来，我和父亲一前一后地在

月光下走着,半天没说一句话。可能是因为,我们不约而同地想到了家里那个拉着风箱的老太太,想到她如果真的就住在这条街上的话,平日又该是如何生活的。

5

一些早熟的葡萄已经开始着色了,香妃变成了金黄色,京玉转为剔透的青玉色,而早黑宝则呈现出一种磨砂质地的玫瑰色。"孔雀"身上披挂满碧绿的宝石和紫色的宝石,还有些葡萄串上夹杂着绿色的葡萄和紫色的葡萄,而这绿色和紫色又繁衍出无数个过渡色系,青绿、孔雀绿、松石绿、黄绿、碧绿、豆绿、橄榄绿;丁香紫、粉紫、蓝紫、酱紫、灰紫。"孔雀"像个暴发户一样日夜开屏,越发不可一世。

鸟儿们在风中收到葡萄成熟的讯息，都三五成群地赶来参加葡萄宴。七月份最让人头疼的就是怎么惊鸟，为此，父亲想了很多办法。他爬上房顶，在葡萄枝上系上彩色的飘带，有风经过房顶的时候，飘带便像水波一样起舞。他还在葡萄旁边挂了几面大大小小的镜子，阳光落在镜子上就会产生反光，从而把鸟惊跑。但那些鸟儿也就刚开始的时候害怕一下，很快，它们就对飘带和镜子视若无睹了，从容地落在葡萄架上大饱口福。于是，父亲又调整策略，每天早晨天还不亮，他就爬上房顶，戴顶草帽，手里摇着一把扇子照看葡萄。上午，他有别的事要做，便用篮子把老太太吊到房顶上，他请邱三成做了一把躺椅放在房顶上，又仿照自己的身量做了一个稻草人摆在葡萄旁边，稻草人戴着草帽，手里还拿着一把扇子，乍一看，就是一个呆若木鸡的父亲。稻草人刚做好的时候，我对他说，你老了会不会真变成这样？

他也有些惊异地看着自己的这个替身，没说什么，却找来自己的一件衣服给它穿上。邱三成在稻草人的手上和躺椅之间牵了一根线，这样，老太太在躺椅上前后摇摆的时候，稻草人那只拿扇子的手也会一摇一摆地扇起来。

但老太太在躺椅上最多摇晃个三五下就睡过去了，不一刻就鼾声如雷，躺椅像无人驾驶的小船一样漂在房顶上，稻草人便一动不动地傻站着，有时候，吃饱的鸟儿会落在他的草帽上休息，他也没有还手之力，像极了受了委屈的父亲。作为惩罚，我会趁着老太太睡着的时候，在她额头上画个"王"字，又在她两边的脸颊上各画三根胡须，使她看起来像只酣睡的老猫。老猫不知梦到什么了，睡了一会儿忽然就从梦中惊醒过来，躺椅摇晃起来，稻草人则开始拼命地扇扇子，鸟儿们像烟花一样惊散了。有一次，她醒来的时候，我正在旁边给葡萄的新梢摘心,她忽然冲着我说,姐,你可来看我了,你都多少时日不来看我了,我还给你圪藏着一块蛋糕呢。我有些心酸,还有些不寒而栗,便赶紧说,孃孃,你好好看看我是谁。

她目光呆滞地盯着我看了一会儿,又慢慢把目光挪到稻草人身上,对着稻草人说,爹,你是来接我的吧。过了一会儿忽然又对我说,下大雨了呵,不会把葡萄都泡烂了吧,烂了就吃不上葡萄了。我看看天上的大太阳,知道又是她的幻觉。事实上,她的幻觉已经越来越严重了,她大部分的时间都沉浸在一个虚幻的时空里,而那个时空,除了她谁也看不到。不只是能看到,她还总是喜欢以一个小女孩的身份出入于那个空间,那个空间里有她的父亲母亲姐姐,有却波湖,有狐皮围脖,有德慎楼的糕点,有三端则饭店的混糖月饼。她还能像搭建霓虹灯布景一样豪奢地为自己搭建出各种幻觉,她可以看到她想看到的一切,她变得越来越像个通灵的老巫师。

  我剪下最成熟的一串紫色葡萄递给她，以作为对她的安慰，然后继续给新梢摘心。等摘完我一扭头，她手里的葡萄已经没了，躺椅下却连一粒葡萄籽都没有，而且，以她用牙床碾磨食物的蜗牛速度，根本不可能这么快把一串葡萄吃完，我知道，她又把葡萄藏起来了。我走过去问，葡萄呢，吃完了？她看着我，狡猾地点了点头。我把她拉起来一看，她身后果然藏着那串葡萄，已经被压碎了一半，汁液把她的屁股后面的衣服都染成了紫色。

  她越来越喜欢藏食物，我猜测，这是随着她小脑的不断萎缩和身体的进一步衰退，很多东西都从她身上剥离掉了，剩下的便是一些最牢固最坚韧的本能，比如，对食物的贪婪，还有对安全感的渴求，而对于一个垂暮的老人来说，食物和安全感也许本身就是一体的。有一次，我把一碗饺子给她端到床边，让她坐在床上吃饺子，只一转身的工夫，就听她用勺子敲着碗说，吃完了啊吃完了。这么短的时间里，一个没牙的老人根本不可能吃完一碗热饺子，我冲过去掀开她的枕头，果然，下面躺着十几个饺子。还有一次，我发现放在桌上的几块蛋糕不见了，就问她，孃孃，桌上的蛋糕哪去了？她一边拉着风箱一边说，我怎么晓得。可是她这点伎俩根本已经骗不了我了，我冷笑一声，像个魔术师一样把手一挥，把客厅里的那只平面柜拉开，几块蛋糕立刻滚了出来。我指着蛋糕说，孃孃，这是什么？她很无辜地看着我说，不晓得是谁圪藏在柜子里的。

我一开始以为她在装无辜，后来却发现，她是真的忘了。事实上，她已经只剩下了金鱼的记忆，几秒钟之后，她自己就先忘掉了。所以，我经常从家里的各个角落里打扫出发霉腐烂的食物，有个包子藏得时间久了些，待发现的时候已经长出了一层毛茸茸的绿霉，我一时没认出那是什么，还对着那包子研究了半天。甚至有一天早晨，我发现她呆坐在床上，连衣服都不穿，我忙过去问她，孃孃，你怎么不穿衣服？她面无表情地看着我说，哪件衣服是我的？在我帮她穿衣服的时候，她忽然对我说，姐，穿上新衣服是不是要过年了？咱妈包扁食去了？我说，对，明天就过年了。她小声央求道，过年了，带我去德慎楼买马蹄酥吧。

除了幻觉和失忆，她的手也颤抖得越来越厉害，喝水的时候，她用两只手死死捧着杯子，水还是在不停地往出洒，最后，一杯水几乎都洒出去了，前襟和裤子上全是湿的，不得已，我只好给她买了一只奶瓶代替了杯子。有一天，我从一家新开的蛋糕店买了些马蹄酥回来，骗她是从德慎楼买的，她抓起一块就往嘴里送，无奈手抖得厉害，所以点心在去往嘴里的途中就掉了一地。她见状，又费力地猫下腰去，一块一块地捡起来送进嘴里，有的碎屑太小捡不起来，她就在手指头上吐点唾沫，再把碎屑粘起来送到嘴里，反正绝不会放过任何一点碎屑。一块马蹄酥能吃一两个小时，再多的时间在她这里都是小菜一碟，根本不愁用不完。

我对她又是厌恶又是怜悯，同时那种担忧也越来越重，那就是，眼前这老人正以肉眼可见的速度在走向衰老，也许哪天说没就没了，到时候她的儿女们又找上门来讹一笔钱也不是没有可能。

我爬上房顶寻找父亲。别的院子里的那些葡萄大部分都已经爬上了房顶，它们生长的速度太惊人了，像是长了腿脚的动物，攀岩走壁，日行千里，还十分慷慨，一晚上就能捧出十几串小葡萄来。爬上房顶之后，它们忽然发现这里竟然有很多自己的同类，便很快熟络起来，交头接耳，结交朋友，甚至开始联姻。这片辽阔的房顶已经完全被葡萄树占领了，风在房顶上奔跑的时候，绿色的叶子如波涛起伏，好似是一片葡萄之海。我想象等所有的葡萄树都结出果实，那些五光十色的葡萄会如宝石一般缀满这片废墟，到那时候，藏在废墟里的另一个世界就会轰然绽放，其光华足以遮住这县城里那些最新鲜的建筑物。到时候，最高兴的肯定是"孔雀"，因为它是这个葡萄王国名副其实的国王了。我猜测，这也是父亲喜欢种葡萄树的原因之一，他在创造一个属于自己的世界。

因为葡萄树们长得太快，父亲忙不过来，便让邱三成在下面帮着灌水施肥拔草，自己则一大早就爬上房顶，又是赶鸟，又是修剪枝蔓，再给新生的枝蔓绑梢，还得观察叶子上有没有长出红蜘蛛和绿盲蝽。有时候忙得连午饭都得我给他送到房顶上。他时常被淹没在葡萄之海中，得我过去扒开叶子，才能把他打捞出来。我把我的担忧向父亲讲述了一遍，末了又故意说，你不说他的儿女迟早会找上门来？这都多长时间了，连个人影儿都没见着。父亲拿着果树剪刀继续专心致志地修剪葡萄枝,好像压根儿没听见我在说什么。我赌气跑到"孔雀"下面,摘了一串又肥又紫的葡萄,一边吃一边享受着它老人家慷慨赐予的阴凉。

6

第二天吃过午饭,父亲忽然对我说,走,咱们再到东街找找去。临出门的时候,他还准备了两瓶自己酿的葡萄酒,我说你要送给谁,他说,你不见东街上的那些老人都喜欢喝酒?把老太太交给邱三成之后,我们便拎着酒又去了东街。

走到郑黑小的喜寿店门口一看,又坐着几个老人,唯独不见大眼。父亲问郑黑小,大眼呢?今儿没出来坐?郑黑小的鼻头已经红到了发亮的地步,像熟透的浆果,一碰就会流出汗来。他搓着大腿上的泥条，长叹道，大眼没啦。我和父亲异口同声地问道，没了？怎么没的？郑黑小复又叹道，没了十来天啦，喝酒喝多了，黑夜里睡着睡着就睡没了，你说他光棍一条，无儿无女，连个打发他走的人都没有，恓惶啊，我就把我割的柏木棺送了他一口，好赖打发他上路啦。

我想起上次大眼坐在这里，郑黑小还嚷嚷着要和他在东门口打擂台，又想起大眼对这条老街超乎寻常的了解，不禁唏嘘不已，心里又难免遗憾，装载秘密的人走了，秘密便被放生，重又回到天地之间，与风、烟、云成为同类，或许这才是秘密的该去之处。父亲把带的葡萄酒送了郑黑小一瓶，郑黑小很高兴，邀请我们在他的棺材店门口再坐会儿，说等他去摘根黄瓜一起喝酒，我们谢过他，然后像上次一样，一直走到华泰银行那里，又拐进了那条一人巷。一走进这条幽深的巷子，我就感觉自己像童话里掉进了树洞里的爱丽丝，即将从这树洞抵达一个魔幻的世界。

走出一人巷之后，我们本想按照上次的路线走，试图再次找到那扇彩虹门，走了半天却发现，那扇彩虹门再无踪迹，我们所到之处都是上次不曾到过的地方。我们经过了一座带有飞檐的大院，那对飞檐实在是太壮观太优美了，以至于整个大院都要跟着飞翔起来。又经过了几座高墙耸立院门深锁的院子，其中一座院子的墙塌了一半，能看到院子里有一座六角的塔楼，不知道从前是用来做什么的。我们绕过一座叫麻叶寺的破败古寺，却发现前面是一块空地，空地上有一棵古槐还有一座古戏台。那棵槐树少说也有一千多年了，身上缠着红布，这说明它早已经脱离了树格，如今已是神仙的待遇。树下坐着一个满头白发的老人，与古树的气质十分匹配，俨然树精从树里溜达来晒晒太阳。旁边那座古戏台面阔三间，进深三间，两侧是八字形的木构牌坊，一面写"出将"，一面写"入相"，前台屋顶为歇山式卷棚顶，后台屋顶为悬山式。

令我惊讶的是，戏台上居然真的有个演员正在舞剑，但你又搞不清那演员到底是哪个年代的人，是真人还是魂魄，所以一时竟有鬼魅之感。倒是那坐在槐树下的"树精"看得津津有味，我俩走过来之前，她可是唯一的观众。等那演员舞完一套剑法走下戏台，我仔细一看，竟是那天坐在喜寿店门口的那个龅牙老妇人，我便上前恭维道，婶婶好剑法啊，哪里学来的？老妇人龇起一嘴龅牙笑了笑，先点了一根烟叼在嘴上，然后走到槐树下又点了一根递给老"树精"，老"树精"把一条细腿盘在另一条细腿上，也悠然抽起了烟。几口烟下去，老妇人才说，我先人是以前东街上的买卖人，脾气好，厚道，结果不是被人欺负，就是有人赊账，到年根上才去人家家里要债，你可要去吧，你就是住在人家家里,从年三十住到大年初六都要不回一文钱。后来我家先人就去闯关东了,一直到了东北的昌图才立下脚来。他最开始的时候开了一家小杂货铺,卖油盐酱醋针头线脑,后来慢慢地把生意做起来了,有了自己的字号叫广增号,从烧酒粮油到布匹绸缎,他是见什么卖什么,后来又开了十来家分号。一到了秋冬时节,广增号就在东北各地收购粮食,然后运到水陆码头通江口,等打春了辽河解冻了,再用船把粮食运到营口关内卖。秋天的时候,商船拉满年货和那些关外需要的百货,像什么布匹、盐、面粉、煤油,返回通江口,再转运到广增号的各个分号,想当年,我先人手里光船就有一百多条,连自己的修船厂和船店都有。我外外的外外当年为了不受人欺负,还偷了家里的钱跑到山上向老和尚学武艺,学了武艺就给自家做镖师,常年跟着那些商船走南闯北。我们家的武艺是传女不传男,就这么一辈一辈地传下来，传到了我这里就断啦，我就一个儿，在外面上班，一年到头就回来一次，我想让我那孙女学，人家才不学，说过时啦。

老"树精"三下两下就把一根烟抽完了，然后伸出枯树枝一样的手，还要讨烟抽。龅牙老妇人便又帮她点了一根，插到她嘴里，然后慈祥地抚着老"树精"的头说，这是我老妈，九十五啦，年轻时候练得一身好轻功，从房顶上跳下来一点声音没有，现如今腿脚不利索了，耳朵也聋了，你骂她她也听不见，饭也不爱吃，就是爱个抽烟喝酒，还能活几年？由着她。这两年我老是在盘算，人这一辈子，怎么活才算没有白活，总得做一两桩自己爱的事情吧。我老妈九十岁那年，说她想回东北看看，我二话不说，开着我的三轮车就带着她上路了，走了两天就被交警捉住又送回来了。

我有些敬畏地望着树下的老太太，她的胳膊和腿都细瘦如枯树枝，看上去轻轻一掰就断了，这样的腿脚，年轻时候居然能飞檐走壁？不知是不是我打量老太太的目光让老妇人有些不舒服了，这时只听她冷笑一声说，别人都以为住在东街的老人们又老又穷，都是些等死的老人了，连我这穷老婆子都七十二了，手里也没攒下几个钱，那是你们不知道，以前的东街可不是这样的，听我老妈说，她小的时候，东街上连外国人都有不少呢。所以我就经常告诉我儿，人还是要知道一点自己的来路，谁也不是石头里蹦出来的，总有个来路，是吧？人家不爱听，不爱听算了。就像我吧，你们觉得我就是个穷老婆子，是吧？可我不光是我啊，我那些先人都还活在我身上呢，只要我还活着，他们就没有死透。和你们说吧，只要想想当年，我家先人手里光船就有一百多条，浩浩荡荡地行在辽河里，我就不会小看我自己。

　　我想起我以前的一个同事，其貌不扬，看起来经济状况也一般，每天乘公交车上下班，这个人身上却有着一种很奇特的气度，不争不抢，却不是那种因性格懦弱导致的与世无争，也不是我那种因内心疲惫而导致的退避，甚至也不是不屑，他就只是很优雅地跷着二郎腿，坐在半空中安静地观赏着行走在地面上的人们。后来我才知道，他能拥有这样一种气度，其实是因为他有一个很奇怪的姓氏，他姓"姒"，他从小就知道，这是夏朝皇族的姓氏，所以渐渐锤炼出了这样一种气度。他与眼前这龅牙老妇人不无相似之处，他们都是懂得炼金术的人，都懂得从血液的尽头提炼出一点尊严，从而把自己卑微的生命照亮。

老妇人又点上了一根烟，和她老母亲并排坐在一起抽烟，两个人看起来腾云驾雾，随时会飘走。我想起今天来的目的，便上前问道，婶婶，看你也是东街上的老人了，又有这样了不起的先人，正好向你打听个人吧，你在东街上有没有见过一个老太太，应该也有九十多岁了，得了帕金森症，脑子有点糊涂了，走路的时候拄着两根拐杖，小名好像叫二女。她龇着龅牙一笑，我老妈的小名也叫二女，二女多了去了，闺女，你要找人就不是这么个找法。又抽了两口烟，她很自信地说，我来给你想想，和我妈年纪差不多的老人，东街上统共就十几个，这样，我来给你画张地图，总比你这样找省事。我有随身带笔的习惯，一听这话，赶紧掏出笔递过去，她把烟叼在嘴角，提着笔问我，画哪？我伸出一只手去，说，就画手心里吧。她捉住我的手，毫不客气地在上面画了起来，边画边自言自语道，我记得太平巷住着一个，剪子巷住着一个，七步巷住着俩，是姐妹。她还不时凑到老太太耳边，拎起老太太的耳朵大声地朝里面扔一句话，老太太则用更大的声音回答她一个巷名，半坡巷，打铁巷，元宝巷。母女俩看起来就像在一步开外的地方相互喊山。

一张袖珍地图出现在了我的手心里,上面布满了蛛网一样的小巷和胡同,还有两座寺庙一座戏台。我谢过老妇人,一抬头,父亲手里的那瓶酒不知什么时候已经到了老太太手里了,她趁着她女儿不注意,抱起瓶子猛地灌了自己一口,见她女儿还没发现,很得意,便赶紧又灌了一口。父亲站在旁边,正慈祥地看着她,还掏出自己口袋里的手帕,帮她擦了擦嘴角。

在回去的路上,父亲有些罕见的兴奋,不停地和我说话,他说,东街的这些先人们还真去过不少地方啊,你看,他们经过吴城、柳林、离石,过了碛口后,到了陕北,再到甘肃、宁夏、内蒙古,又到了西伯利亚,有的先人去了北京、天津,有的出关到了东三省,还有的是去了浙江,江苏一带,把这些先人们去过的地方都标出来,那就是一张地图啊。你说有没有这么一种地图,立体的,后人们走在这地图上,就好像哪儿都跟着先人们去过了，从内蒙古到北京到东北，都去过了。见我不解，他便摊开手心，他手心里躺着一只小小的琉璃烟嘴，他说，我给那大娘葡萄酒的时候，她就悄悄把这只烟嘴塞给了我，我晓得她的意思，她不想白喝我的酒，是想用这个来换酒喝，可我也不能白得她老人家的东西，我脑子里就有了这么个想法，做张地图，我要把她这个烟嘴摆在地图上去，以后要是还能得些先人们用过的东西，就都摆到地图上去，慢慢地，摆的东西多了，地图不就立起来了？到时候，我就请东街上的那些老人们过来走走看看，也算是了了他们的一个心愿。

我恍然大悟道，爸，你这是想做个小型的民间博物馆啊，这想法不错。父亲有些羞涩地笑了笑，又掏出手帕擦了擦两鬓，我忙说，那手帕你不是刚给老太太擦过嘴吗？父亲又笑了笑，从口袋里变出另一块手帕说，我口袋里的手绢多着呢，反正身上的口袋多。我见他心情不错，就趁机说了一句，爸，你要是喜欢地图，还不如自己出去走走呢，要不我给你报个旅行社？

沉默了片刻，只听他说，文文，你以前去过不少地方，我替你高兴，现在你回来不走了，我更替你高兴，走路不在形式的。你晓得我为什么喜欢种葡萄树，因为我觉得葡萄树能替我走路，我一辈子就在一个厂里待着，哪儿都没去过，现在我也哪儿都不想去了，我以前的那些工友们，都觉得自己年龄大了，一辈子快交待了，赶紧报个老年旅行团，出去转几天，让导游逼着买东西，就拍几张照片回来给我看，我觉得这样太可怜了，其实人老了更应该活得有尊严一点。可葡萄树和人不一样啊，你别看它们一辈子待在一个地方不动，其实它们的根能去到很深很远的地方，去到我们这些活人永远去不了的地方。郑师傅也说了，咱们那两排房子下面埋着一个坟场，可坟场的下面不知还埋着什么呢，不光是埋着死人，还不知道埋着多少东西呢。古代的那些朝代也埋在下面，一个朝代的下面埋着一个朝代，在朝代的下面兴许还埋着草原，埋着原始森林，在最下面说不来还埋着一个大海，因为当年我在五金厂上班的时候，经常能在厂里捡到贝壳和海螺，这说明什么？说明南木厂下面应该还埋着江河湖海，不过是地壳变动的时候，大海沉到地底下去了。这些地方我们永远去不了，可葡萄树能去得了啊，它们的根能扎得很深很深，遇到什么就吸收什么，再把所有的养料都供给自己的果实。所以南木厂的葡萄和别的地方的葡萄都不一样，不光是葡萄，就是酿的葡萄酒也比别处的好喝。我酿的葡萄酒无名无姓，但性格自由自在，还有一层一层的味道，慢慢品的话还能品出大海的味道呢。

  我这才明白父亲为什么总是拒绝我给他报旅行团了，原来是因为，他在时空当中另外为自己开辟了一种时空。在那个时空里，尽管他与葡萄树相依为命，但他们的行走方式却呈现出一种十字形的错开，他在大地上缓慢平静地行走，而葡萄树却在天地之间纵横行走，更神奇的是，无论怎么行走，他们其实都在一路同行。

在胡同里经过一番考察，父亲选定用隔壁的空房子来做这间小小的博物馆，隔壁那房子废弃了足有十多年了，不知道它的主人到底去了哪，是否还活着，总之，在十几年的时间里，从没有人来看望或租住过这房子。我对父亲说，这两排房子迟早是要拆迁的，你不怕到时候白费了一番心血？父亲笑了，你见过什么是永远不变的？你看看，咱们这两排房子是坟场变成的，那个刚盖起来的文渊小区是纺织厂变成的，还有那条新开的路，是原来的百货公司变成的，我一直琢磨着，可能原来还真有过那么一个却波湖，估计是那湖后来也变成什么了吧，所以怎么找也找不到了。

我把那废弃的房子打扫了一番,把墙重新粉刷了一遍,父亲又请邱三成做了些简易的木架子摆在房子四周,按东西南北四个方向来算,东面是东三省,西面是陕北、甘肃、宁夏、内蒙古,南面是江苏、浙江,北面则是北京、天津。父亲把槐树下的老人送他的琉璃烟嘴摆在了东面的木架上,算是这个小博物馆里的第一件展品。然后我见他又把墙上挂的那张他父亲和他爷爷的合照摆在了北面的架子上,我说,爸,你怎么把照片摆这里来了?他从口袋里掏出一块抹布,把相框左擦右擦,嘴里说,我先人当年也是开商铺的,铺子还开到了北京,这是他们当年在北京后海的照相馆拍的,他们就给我留下这一张照片,把它放在这里挺适合。第一次听父亲提起自己的祖上是做什么的,我心里有些惊讶。

干了半天活也有点累了,我们便走到院

子里，坐到葡萄树下歇息。父亲在这个院子里栽了两棵葡萄树，一棵是里扎马特，一棵是瑰香怡。里扎马特是欧亚种，瑰香怡则是欧美杂种，都已经手脚并用地爬到了房顶上，瑰香怡结出了两串紫色的葡萄，里扎马特则已经结出了十几串粉色的葡萄。放眼望去，其他院子里的葡萄树也纷纷在破败的窗前檐下织出了一张张碧绿的挂毯，那些葡萄树有巨玫瑰、红地球、维多利亚、伊豆锦、黑奥林、格拉卡、红高、美人指、红宝石、夏黑、皇家秋天。它们的故乡也是形形色色，有的来自美国，有的来自欧洲，有的来自日本，有的来自罗马尼亚，有的来自小亚细亚，有的故乡就在中国。我忽然感觉到了，当这么多的葡萄树聚集在一起的时候，它们确实创造了一种时间，一种只属于葡萄的时间，但这种时间里又杂糅了植物的时间、地质的时间和世界的时间。时间里裹着时间，又演变和繁殖出新的时间品种。我忽然明白了，父亲其实是以他自己的方式发明了一种时间。

父亲点了一根烟，快抽完了才对我说，文文，你心里不用老是犹豫着要不要再出去，你现在在家里每天种种葡萄，看看书就挺好，种葡萄是一种行走，看书也是一种行走，行走的方式有千百种，每个人都有自己的行走方式，不要老想着要干点大事业，其实人一辈子最大的事业就是内心平静安宁。听到这里，我忍不住回想了一下我这半年来的生活，确实，每天就是跟着父亲当葡萄农，晚上看看书，自从捡了帕金森老太太回来之后，我又开始忙着照顾老太太，还去东街东游西逛地为她寻找家人。做的尽是这些杂事，但与从前的忙碌相比，这个长假真的是一种无所事事的状态，几乎接近于虚无。我忽然又想到，虚无本身就是一种最纯粹的存在，所以，连父亲都感受到了我的这种存在。

只听父亲又说，我就是在这条胡同里出生的，那时候我爹刚分到房子，估计我也要死在这条胡同里的，我上班的五金厂就在胡同旁边，走两步就到了，我一辈子都没有离开过这个县城，什么世面都没有见过，对于我先人我也知道得不多，我爹在临死前才给我讲了一点，他说，我老爷是个京客，就是在北京开铺子的买卖人，他当年在北京开的商号叫和德源，在天津和赤峰都有分号，后来我老爷死了，和德源就到了我爷爷手里，我爹和我大伯很小的时候就被接到北京跟着学做生意了。我爷爷挣了钱也不往老家捎，而是全部当高利贷放了出去，结果，后来打仗了，他放出去的高利贷一分钱都没收回来，因为战乱，大部分店铺也都关了，他这么一急一气，就病死在了北京。我爷爷死后，我大伯就带着我爹，从北京步行回山西，那年他们一个十五岁，一个十三岁。我大伯死在了半路上，我爹靠着一路乞讨回了老家。在他二十几岁的时候，五金厂建成要招工，他就被招进厂里当了工人，那时候五金厂效益不错，还给职工们盖了两排宿舍，就是这两排胡同，他分到了房子成了家。后来他得病死了，我就顶替他，也进了五金厂。我自己猜的，我爹不愿多给我讲关于先人的事情，是因为我先人的走南闯北到头来也是一场空，什么都没留下，他只希望我安安稳稳地在五金厂待一辈子。可我爹不会想到，在我还不到五十岁的时候，五金厂也没了。你看看，不管是多牢靠的东西，最多三代人，都会消失的，这就是世道，可是也不用怕，因为这个大世界里边还有很多小世界啊，其实每个人都能有一个自己的小世界。后来，开始种葡萄了，了解得多了，我才发现，原来葡萄树去过那么多国家，而且它们的根能去到那些很古老的地层里，所以啊，看起来是我在种葡萄，其实是葡萄树带着我在到处旅游呢。可葡萄树也是会死的，我就

想着，得帮葡萄把它们的这个小世界保存下来，用什么办法呢，就是酿酒，据说有的葡萄酒能保存几百年呢。你看现在的东街破败成什么样子，估计要不了几年也要被拆迁啦，可是东街上的那些先人们有过一个那么广阔的世界，你看他们去过那么多地方，从内蒙古到东北到甘肃到江浙，我也得帮他们把这个世界保存下来，因为我的先人也在这个世界里。等弄得差不多了我就请东街的那些老人进来看看，他们也会高兴的，他们肯定会觉得，先人们去过的地方，他们其实也跟着去过了。

我心里一阵替父亲高兴。为那些大世界和小世界纪录点什么，那是作家或诗人们应该做的事情，没想到，住在废墟里的父亲会以这样一种浪漫的方式与世界相处着。

7

此后,我和父亲一有空就去东街的那些巷陌里游荡,手里拎几瓶葡萄酒,一来是为了给老太太找到亲人,二来,也是为了能慢慢搭建起父亲脑子里的那张"晋商地图"。我按照上次龅牙老妇人提供的地图,依次寻找上面的巷子,在寻找的过程中,我们又遇到了各色老人。这些老人都有一个共同的特点,那就是,他们的祖上基本上都是当年走南闯北的商人,而他们也都特别热衷于谈论自己的祖上,并为自己的祖上感到骄傲。

有个老人告诉我们，他家先人当年在大顺成票号做大掌柜的时候，发现总账上有一些存银户几十年了不动分文，经过一番调查摸底搞清楚了，原来是这些存户大都因罪入狱，有的被流放有的已经病死，大都成了绝户。这些资金留在账上，影响流转，占用利息，又无人领取，变成了死账。他汇总了一下，这些资金竟然有十多万两白银。但是票号最讲信用，就是无人领取，也不能一笔勾销了。他家先人考虑再三，想出了一个办法，把这十多万两银子重新列一个户头，叫"财神股"，这样，利息不用支付了，每年分红时，把红利均摊给伙计们，既盘活了死账，又调动了伙计们的积极性。他家先人一生都为票号奔波，最后也是死在了任上。

好像怕我们不相信似的，他又回屋取出一张早已作废的银票给我们看。我便游说他，这作废的银票就是一张废纸，又不能换钱，哪天就腐烂了，还不如换瓶酒喝。最后，经过一番口舌，我用一瓶葡萄酒换到了那张废银票。

有个坐在大门院门口晒太阳的老人告诉我们，他家这院子就是当年交县最有名的四合源皮坊，他还热情地带我们进去参观，院子里摆着两口大缸，他说是当年泡皮子用的。泡皮的时候，缸里要加上皮硝、黄糜面、黄糜粥和水，泡一个来月，然后在铺沙的场地晒干，接下来就是铲皮。说着他就拿起扔在窗台上的一把铲刀给我们看，说，得先把皮板铲薄，再下案、鞣制、打面、吊洗、压板、再吊洗，然后下料裁剪缝制，最后还要检验盖章，要盖上四合源专用的"八仙庆寿"戳。他挥舞着那把铲刀，骄傲地说，四合源的一件滩皮长衫筒子连三斤都不到，皮板轻不说，羊毛还是打了九个弯的水波纹，绝对是一等一的皮货。

经过一番游说之后，我又用一瓶酒换了那把生锈的铲刀。

我们还遇到一个正坐在门口的石墩上吃饭的老太太，她捧着一碗小米粥，摆着一碟萝卜咸菜，可奇怪的是，她的另一只手里居然拿着一只面包。这个年龄的山西老人不大会有吃面包的习惯，大都习惯吃馒头、火烧或烙饼，年龄更大些的老人会习惯吃炒面，就是把杂粮磨成的面粉放在铁锅上炒熟了，吃的时候用米汤拌匀了。我便很好奇地问她，嬢嬢，你能吃得惯面包？老太太一听这话，饭都不吃了，把装着小米粥的碗放在地上，将那面包掰下一半分给我，咧开只剩下三颗牙的嘴说，来来，女子，快尝尝，我自家做的面包，比外面卖的好吃。然后不等我表示出惊讶，她就继续眉飞色舞地往下说，好像她在这里已经憋了太久太久，每日坐在门口吃饭，就是为了架起蛛网，专门能捕捉到一个像我这样表示惊讶的人。原来，她家祖上也是做生意的，后来把生意做到了俄蒙边界，不只和俄罗斯人打交道，还和蒙古族、维吾尔族等少数民族的人打交道，所以她祖上会好几种语言，像什么俄语啊蒙古语啊维吾尔族语啊，都会讲。不止学会了许多语言，她祖上还向俄罗斯人学会了烤面包，然后烤面包的技术又在她的家族里代代相传，时日一长，面包竟成了她这个家族的主食，甚至替代了馒头和烙饼。老太太从小就吃面包，自己也能烤得一手好面包，还能做出各种花样，只是，在这个北方县城里，喜欢吃面包的老人毕竟太少，所以她变得既孤独又骄傲。说罢老太太还觉得不过瘾，又颠颠地回屋，取出一样东西给我们看，好证明她说的话都是真的。我一看，是一块维吾尔族的头巾，老太太把头巾戴在头上，又颤颤巍巍地学维吾尔族人跳舞，我吓得赶紧把她扶住，生怕她摔倒了。最后，我拿出一瓶酒还不行，又掏了些钱，才把这块旧头巾换到手。

　　我们就这么按照龅牙老妇人的地图，一

条巷子一条巷子地去找，一边找一边和巷子里的老人们聊天，换东西。这天，我们找到了走马巷，这条巷子不是很长，有五六户人家，都是高墙大院，有一家院子是凹进去的，门口有一棵大槐树，树下还有一眼老井，用石板盖起来了。我们正在巷子里游荡，迎面走来一个老人，手里拎着垃圾桶，应该是出去倒垃圾了。老人停下脚步，有些狐疑地看着我们，我便上前向他打听，这巷子里有没有住着一个九十多岁的老太太，驼背，拄着两根拐杖，得了帕金森症，脑子有些糊涂了，小名应该叫二女。老人听了，放下垃圾桶，拍了拍两只手，好像上面有很多土，然后轻描淡写地指着那个门口有槐树的院子说，薛二女吧，那就是她家院子，你们把她捡到了？她这回丢的时间可不短啦，巷子里的人都以为她这回是死在外面了。我惊讶地说，她经常走丢？老人没说话，像演哑剧一样指了指自己的脑袋，然后带着我们走到了槐树下的院门口。

果然是一个拱形的大门院,两扇腐朽的木门紧闭着,从还没有来得及脱落的油漆上能隐约看出,这门从前是朱红色的,上面还挂着一把锈迹斑斑的铁锁。我心想,老太太虽然脑子不好使了,但出门的时候居然还没有忘记把门锁上。老人又指了指自己的脑袋,说,她年龄大了,这儿坏了,只要一出门就找不回来,铁定要走丢,可她还偏喜欢出门,丢了也不是一回两回了,每次都是被东街上的人捡到送回来的,这次,估计是走远了,有人捡到她也不晓得把她送到哪。

我把装在身上的那把黄铜钥匙拿出来,试着去开那把铁锁,居然还有些紧张,手都有点发抖,试了几次才把钥匙对准锁眼。咔嗒一声,锁居然打开了。就像忽然打开了一只古老神秘的匣子,我和父亲却都站在门口不敢动,那老人却熟练地推开了两扇木门,像主人一样领着我们走了进去。院子还挺大的，二进式的，三间正房，一排东厢房一排西厢房，都已经破败不堪了，尤其是那排西厢房，随时会坍塌的样子。外院里有块菜地，种着些豆角黄瓜和芫荽之类，却因为久无人浇水的缘故，基本上都干死了。屋檐下养着几盆指甲花和鸡冠花，都种在破瓦罐里，也因为长时间没人浇水而枯死了。三间正房看起来只有中间那间是住人的样子，窗上还贴着窗花，门倒是没锁，我们推门进去了，屋里有一张炕，炕上摆着老式的被阁和炕桌，铺着一张墨绿色的油毡，上面画着牡丹，地上有一只板柜一只立柜一只梳妆台，镜子都花了，都是老式的，墙角还有一只长满铁锈的脸盆架。这是一间很老的老人住过的房间。

我问旁边的老人，她家里的人都哪去了？她的儿女们呢？老人淡淡地说，都没啦，她老伴儿早没了，她有一儿一女都走到她前头去啦，活得年龄太大了就这样，亲人就都走到自己前头去了。我心里一阵唏嘘，看到墙上挂着一只相框，便凑过去看。里面压着十几张黑白老照片，其中一张照片引起了我的注意。照片里是一个十五六岁的少女，站在照相馆的假幕前，身上穿着一件黑色的裘皮大衣，脚上一双锃亮的黑色皮鞋，这样的皮鞋在当年应该不多见，而少女的脖子里还围着一条完整的白狐围脖。我想起老太太在幻觉中也看到过这条围脖，没想到它居然真的存在。老人见我看得仔细，便指着那照片说，这就是薛二女年轻时候照的，她家老人手里是开皮坊的，有钱得很，不缺皮子，你不看她从头到脚尽是些好皮子。我说，这是她哪一年照的。他想了想，说，约摸着是民国二十几年吧，那时候我也就刚生下来。

在回去的路上，我和父亲都久久没有说话，一直到过了五金厂，已经可以看到父亲的葡萄宫殿了，他才对我说，老人家连一个亲人都没有了，脑子又坏掉了，一出门就走丢，不过我看她现在已经连门都出不了了，就把她留在咱家吧，咱们好歹陪她走完这最后一程。我没说话，只是点点头。刚走进胡同，只听父亲又在我前面说，文文，人都有这最后一程要走的，迟早的事，你记住，不管是你还是我，走到这最后一程的时候，千万别害怕，我们都不过是个过程，是过程就有结束的一天，可是，还是要有个人陪着你才好啊。我努力笑着对父亲说，爸，你不用担心，你看，我们和老太太素昧平生，还不是打算要陪她走完这最后一程。

八月底，几乎所有的葡萄都成熟了。采摘葡萄的那天简直就是我们四个人的节日，父亲和邱三成在房顶上剪葡萄，再把肥嘟嘟的葡萄串放到篮子里吊下去，我则在房下接应葡萄，并把不同的品种分类。像瑞必尔、红地球、新玫瑰、红宝石、美人指这类脆肉型的葡萄能保存较长时间，就把它们集中在一起；而像龙眼、玫瑰香、黑罕、白玫瑰香、和田红则是些多汁型的葡萄，不易久放；还有一些葡萄是专门的酿酒品种，像品丽珠、黑比诺、西拉、小白玫瑰。老太太则坐在邱三成专门为她做的摇椅里观看我们收割葡萄。我在她面前摆了一张小桌子，每采摘一个葡萄品种，我就拿出一小串摆到她面前，请她老人家来品尝鉴赏。她嘴里戴了一副雪白的假牙，明晃晃的，像在嘴里架了一支锃亮的武器，专门用来对付各种食物的。前几天父亲带她出去散步，回来的时候，老太太一张嘴说话把我吓了一跳，满嘴雪白的牙齿，像带回来一嘴亮晶晶的宝石。我说，这么老了还镶牙？父亲笑着说，让她能吃得好一点嘛。老太太自从重新拥有了牙齿，果然饭量都比以前好了，连以前望而生畏的苹果都敢下口咬了。但是她的忘性越来越大，经常就忘了佩戴假牙，甚至连假牙都找不到，还得我四处帮她翻找，有时候在被子的缝隙里看到两排牙齿,有时候又发现那两排牙齿蛰伏在床底下,甚至有的时候会在碗橱里发现它,也不知道是怎么跑进去的。所以她看起来就像变魔术一样,一会儿有牙齿一会儿没牙齿,一会儿还张着黑洞洞的嘴巴呢,一转身的工夫,嘴里忽然又变出了两排锃亮雪白的牙齿,因为那牙齿实在是太白太新了,所以看上去多少有点张牙舞爪的感觉。

其实一串葡萄她也就吃一两颗,剩下的她就悄悄藏在了椅子下面,还自以为神不知鬼不觉。不一会儿,桌上的葡萄都悄悄地消失了,她的椅子下面却已经储满了形形色色的葡萄,乍一看,好像她正在葡萄之海上划着一只小小的方舟。

采摘下来的葡萄,除了有一部分送了熟人和亲戚,一小部分挂在了葡萄架上,等着它们变成葡萄干,剩下的葡萄就都用来酿酒了。这次父亲决定要改良葡萄酒,于是早早就做好了准备,他买了几根橡木,让邱三成帮着做成了橡木桶，用来让葡萄酒熟成。春天的时候，他就已经在各个院子的土地里添加了各种调剂品，像贝壳粉、鸡蛋壳、石灰粉、铁屑、白糖、茶叶渣，如今都很神奇地从土地里沁到了葡萄当中，就好像土地和葡萄确实是血脉相连的，土地会把自己的一切毫不吝惜地喂养给葡萄。所以，就出现了一种很有趣的现象，那就是，即使是同一个品种的葡萄，因为种在了不同的院子里，也会出现不同的风味。比如说，有的巨峰葡萄很甜，有的则是酸的，还有的夹杂着贝壳味，竟然真的在葡萄里吃出了海洋的气息。我这才理解了父亲当初的那句话，他说，土地有什么个性，葡萄就有什么个性。为了迎接葡萄酒的到来，我还专门看了一本介绍葡萄酒的书，以便更好地去理解葡萄酒。书中说是好的葡萄酒都有自己的骨架和性格，比如霞多丽，酸味是它的骨架，清澈透明是它的性格。再比如黑皮诺，它的骨架十分广阔，性格又很妖娆，年轻时还有牡丹的花香。而白诗南则拥有着无与伦比的浓密个性，它的香味如同把花梨果酱与黄桃和花蜜拌在一起的味道，不仅如此，所有的白诗南几乎都带有五彩缤纷的甜味。

父亲把白牛奶葡萄捣碎，滤出果汁进行发酵，再把发酵好的酒装进橡木桶里熟成，这样，在熟成的过程中，酵母会吸收木桶里的香味作为养分，使得葡萄酒能与橡木桶的风味天衣无缝地融合起来。用白牛奶葡萄酿成的白葡萄酒有一种纯净清澈的气质，与那些用紫色葡萄酿成的红葡萄酒自是不同，红葡萄酒有的华丽有的高冷有的飘逸，比如用西拉酿的葡萄酒，里面有酸味、涩味、铁锈味，居然还有点巧克力的味道，好像它想变出什么味道就能变出什么味道。用歌海娜酿成的桃红葡萄酒则十分妖媚明艳，父亲甚至试图去酿造雍容华贵的贵腐葡萄酒。他在其中一个院子里做了个实验，为葡萄树搭了个暖棚，因为接受更多温暖的葡萄长成后会更甜，在偏冷的地方长成的葡萄则口味发酸，但那个暖棚里的湿度没有控制好，导致葡萄患上了灰霉病，本想着把这些患病的葡萄都扔掉，后来父亲查了一下书，发现这种患病的葡萄能酿造一种独特的贵腐葡萄酒，据说这是一种具有黄金色泽的超甜的葡萄酒，还散发着蜂蜜的香味。经过一番摸索，父亲还掌握了一种正常酿造甜酒的方法，就是把那些完全成熟的葡萄采摘下来，用葡萄叶盖住，放在太阳下面晾晒，直到葡萄萎缩，水分散发，糖分变高，再进行压榨和发酵。这种甜葡萄酒的口感更家常一些，不及贵腐葡萄酒那种雍容而邪气的甜。

我和父亲还有邱三成一起酿酒忙活了好几天，直忙得我们四脚朝天，老太太像个监工一样游荡在我们身后，拄着拐杖，拉着风箱，一会儿就问一句，酒能喝了吧。要是好一会儿没听见她拉风箱的声音，都不用回头看就知道,她肯定是猫在什么地方睡着了。等她再次睡醒的时候,已经忘记了酿酒这回事,看到我们把葡萄扔进缸里捣碎,她有些着急了,因为她认为所有的葡萄都属于她,于是她拄着拐杖,背着风箱,呼哧呼哧不顾一切地趴到缸边捞葡萄,手又抖得厉害,捞一颗掉一颗,简直像猴子捞月。我有些无奈地看着眼前的这个老小孩,如果人老了都能退化到这般单纯素朴的境地,终日只知吃喝睡三大事,那我也愿意变老。

在将葡萄酒装进橡木桶的时候,父亲叮嘱我和邱三成要在橡木桶的盖子上打两个小眼,这样是为了能让葡萄酒适当接触到氧气,才可能让葡萄酒在桶里顺利熟成,如果木桶的封闭性太好的话,葡萄酒的香气就会彻底被关闭,或者是变成汽油、煤气等怪异的味道。我也有些悟出其中的道理了,问父亲道,如果再把桶盖上的小眼堵住,是不是就又能锁住葡萄酒的香气,酒的熟成速度就会变慢？父亲点点头，说，彻底熟成的酒就没那么重的涩味了，就和上了年纪的人的性格一样，葡萄树真的和人很像，也算是一种树人吧。

我望着左左右右一望无际的葡萄树，心里觉得很欣慰，便对父亲说，爸，你种了这么多葡萄树，都能办一个葡萄庄园了，就你那两个退休金哪够花，你看你能酿出这么好的葡萄酒，你要是愿意卖酒啊，光是卖酒的钱也够你生活了。父亲像没听见一样，继续低头干活，过了半天才说了一句，要那么多钱有什么用，什么都是个过程。

8

当第一桶葡萄酒熟成的时候,我们四个人特意在房顶上为葡萄酒开了一个庆祝会。我像过年一样准备了炸丸子、小酥肉、皮冻、油糕,邱三成则毫不意外地带来了半张猪脸,两只猪耳朵,还有一只猪蹄。我们把吃食都用篮子吊到房顶上,把老太太吊到房顶上,再把邱三成的那只大黑狗也吊到房顶上,然后,我们四个人加一只狗便围坐在"孔雀"下面,开始吃喝起来,被收割尽葡萄的"孔雀"看起来有些落寞和凄凉,我们正好陪陪它。我事先买了几只漂亮的郁金香酒杯，在里面倒上蓝莓色的红葡萄酒，给老太太的酒则装在了奶瓶里，因为她的手抖得越来越厉害，已经抓不住任何东西了，连吃饭都必须喂她。父亲端起酒杯闻了闻，很兴奋地说，这桶酒用的是玫瑰香，我在玫瑰香的树下种了几棵牡丹，你们闻闻，酒里是不是有牡丹的花香？我闻了闻，确实有若隐若现的花香。我突然发现，这酿制葡萄酒的过程与制作香水有异曲同工之处，使尽各种办法，都是为了把植物那缕藏得最深的魂魄勾出来，并让它通过一种神奇的方式显形，类似于招魂。

我喝了一口酒，想起几个月之前，它们还是青色的小葡萄，后来慢慢膨大，慢慢被阳光和风染成了紫色，如今它们又变身成为另一种形式与我重逢了。心中觉得温暖，便把一杯酒都喝下去了，倒好像与那些葡萄拥抱在了一起。老太太戴着锃亮的假牙，正在慢慢碾磨一只油糕,她全身上下都是衰老的,只有那副假牙是新的,年轻的,所以那假牙耸立在她嘴里,看上去巍峨而阴森。虽然她对食物的占有欲仍然十分强烈,但随着她身体的迅速衰退,她吃东西的速度也越来越慢,所以真正能吃到嘴里的食物其实并不多,她吃东西的过程更像一种仪式,是一种最远古最辉煌的对食物的崇拜。

与进食越来越慢相反的是,她的幻觉越来越缤纷越来越强烈,从而自成一个新的世界,几乎已经覆盖了那个真实的世界。在她的这个世界里,夏天可以下雪,冬天可以看到桃花,柜子里藏着老虎和大象,平地可以变成湖泊,废墟可以变成宫殿,童年和老年是平行并置的,可以随意穿梭出入,在她的这个世界里,只要她愿意,她就可以看到任何一个亡人,她的父亲母亲姐姐甚至祖父祖母,都会站在她面前,还会和她说话。她像掌握了一种魔法的女巫,能随意变出自己想要的一切，也能让自己的所有的心愿成真，她的这个世界瑰丽诡异，像缤纷的热带雨林，又像黑森林里包裹着的童话世界，同时，因为那过度的绚烂轻盈，还隐隐散发着一种不祥的气息，似乎她随时都可能推开那扇通向死亡的玄冥之门，去往另外一个世界。

我心里明白，她眼前的幻象越是绚烂，就越是说明，她已经在渐渐接近生命的终点了。我一边不停地给她夹菜，一边对她说，孃孃，你不用藏，这一桌子的菜都是你的。她呆呆地盯着我看了一会儿，好像在努力辨认我是谁，过了一会儿，她像是终于想起来了，颤颤巍巍地抓起一颗丸子递给我说，妈，你来啦？我给你圪藏的好吃的。我把丸子收下，把装着葡萄酒的奶瓶递给她，她喝了一口，大约觉得好喝，便抱着奶瓶，咕咚咕咚把一壶酒都喝下去了。

喝醉的老太太蜷在躺椅上睡着了，这时

候好大一轮月亮也从房顶上升起来了,就挂在离我们头顶很近的地方,似乎一伸手就够着它了。房顶上铺了一层银辉,月光又把葡萄树的叶子印在房顶上,印在老太太的身上,脸上,也印在了父亲和邱三成的脸上,手上。父亲和邱三成一边喝酒一边聊着些遥远的往事,两个人还不时扭头看看躲藏在黑暗中的五金厂,那是他们共同的前世。喝到后来,他们两个都醉倒在了席子上,枕着月光,身上盖着葡萄叶的影子,沉沉睡去。我独自在房顶上游荡着,看着远处的灯火,就像从一颗外星球上看着地球,在两颗孤零零的星球之外,是孤寂浩瀚的宇宙,万物如流星在其中一闪而过,瞬间就是永恒。

又过了一段时间,那些大大小小的橡木桶相继被打开了,这个开木桶的活儿都被我抢着干了,因为这个开木桶的过程简直像开盲盒一样充满惊喜,每打开一只木桶,都能闻到一种独特的酒香,因为葡萄品种的不同加上熟成度的不同，每只木桶里钻出来的香味都是独一无二的。有的带有花香，有的是杏仁味，有的是青草味，有的是蘑菇味，还有黄桃味、奶油味、荞麦味、果酱味、药草味。有的沉静，有的甜美，有的淡薄，还有一桶酒的味道十分狂野，让人疑惑这性格究竟是从哪里来的，莫非是被关得太压抑了存心要报复我们？

　　酒香飘出废墟，飘了很远，很多人慕名来买酒，买酒的人看到正在摇椅上睡觉的老太太，便说，呵，你家还藏着一个寿星老儿？卖了两桶酒之后，父亲想出了一个办法，他用三轮车拉了一桶酒，我坐在三轮车上抱着那桶酒，他把我和酒桶拉到了郑黑小的喜寿店门口，郑黑小的草莓鼻还是那么鲜艳夺目，远远就看到他正坐在门槛上和两个老头吹牛。父亲和他打招呼，郑师傅，又歇着呢？郑黑小的右耳朵后面还别着一支铅笔，这是木匠干活时的装备，他冲着父亲说，年纪大了，干一会儿就得歇一会儿，一年到头割上它三四口棺材就行啦，像大眼那样的老光棍多死上几个，我一年割的棺材就都白送出去啦，一个钱不挣。父亲笑着递给他一根烟，说，挣钱哪有个够，有两个花的就行啦。郑黑小看着那桶酒说，你这是给我们送酒来了？父亲说，郑师傅，如今你这棺材店门口成了东街最热闹的地方啦。郑黑小得意地说，你折煞我啦，能给我点酒喝不？父亲用葫芦瓢舀出酒来，给他那只茶锈斑斑的大瓷缸里倒满了酒，一边对他说，郑师傅，你这里就是东街的广播站，有什么消息都是从你这里传出去的，你帮我也发个消息吧，告诉东街上的那些老人们，想换酒喝的，就来你这棺材店门口，他们家老人留下来的那些有用没用的东西，就是最不值钱的东西也能换酒喝。

郑黑小狐疑地看着父亲说，老刘，你这是思谋出发财的门路了？父亲便把他的那番想法和郑黑小讲述了一遍，末了又补充道，把先人们走过的地方收集起来放在一起，也算个好事，先人们虽说是死了，其实也没有死完全，我们不是还替他们活着吗，看起来我们这辈子哪儿都没去过，其实啊，先人们早就带我们去过了。这世上的事情啊，不是光看一代人就够了，倒有点像我们小时候看过的皮影戏，要把好几代人连在一起看，才算能看出一个大概的模样来。郑黑小一口气把酒喝光，又长叹道，我割了一辈子的棺材，其实我也不想一辈子就给死人割了棺材，可我这辈子只能这么过。父亲笑着说，看看你先人怎么过的，再看看你儿孙们怎么过的，连在一起才是你呀。

消息散播出去之后，陆陆续续有些东街上的老人来到棺材店门口换酒喝，他们手里拿着一些奇奇怪怪的东西，钉板、秤砣、算盘、笼头、马鞭、烟袋、茶砖模、驼铃、熬盐锅、粉坊的漏瓢、万和店木刻药方、蛀了虫的毡帽、掉了毛的围脖、裂了纹的掸瓶、"公盛德皮庄"的花戳、义恒昌杂货店广告印刷版、"民国九年天和祥运据"、"义兴当"的当票、"交县同心公司股票"、"华北皮毛公司交县支公司制度草案"、"义和堂卖铺契纸"、"民国年森茂号钱贴"、"东北商号通讯录"、"民国年北京同聚成百货店来往账"、"民国二十七年山东省曹县商会护照"、"民国十一年天成西皮坊运羊皮照票"、光绪时期交邑商人在甘肃捐米左宗棠所发执照、民国二十五年归化交商信函、民国十四年交商赴蒙俄路线图、《义全泰染皮毛书》。

还有些老人闻讯赶来，却不为换酒，而是无偿捐赠给父亲。其中有一位老人带来了一张发黄的《虚空图》，我仔细一辨认，这其实是一张交邑古城图，图中的古城被一圈城墙环抱，有东西南北四个城门，城门上分别写着"据晋""搤秦""带汾""忱山"，城内的建筑大致有狐侯祠、玉皇庙、文昌庙、县衙、定慧寺、西庵、关公庙、祖祠庙、南关四楼、卢川书院、文庙、魁星楼、吕祖阁楼、武家祠楼、覃氏牌楼、普济祠、观音堂、三义庙、南堡、广生院、府君庙、麻叶寺、洪牌楼、娃娃庙、奶奶庙、北巷真武楼、燕家大院、李家闷楼、东门口广济桥、离相寺。令我吃惊的是，图中还有一个湖，叫却波湖，而那座离相寺就在湖边。

回到家中，我和父亲仔仔细细地研究了一下那张古城图，发现古代却波湖所在的位置其实就是今天的南木厂，也就是说，那个叫却波的古湖就沉睡在这两排胡同下面，就沉睡在我们的脚下。父亲恍然大悟道，怪不得南木厂的葡萄长得比别处好，原来是下面还埋着一个这么大的湖。我说，那坟场呢？郑黑小不说南木厂这一带在1949年以前是坟场吗？父亲指着图的右下角说，你看看这里写的，是唐天授二年的古图，那时候的却波湖还很大，估计人们经常在湖里划船游玩呢。我想起老太太第一次出现在我们眼前的时候，就是正在胡同外面转来转去地寻找却波湖，看来，她完全是凭着童年记忆找到这里来的，而她残存的那点记忆竟是如此准确。我对父亲说，看来老太太小的时候，却波湖还在，她父亲也确实带着她在湖上划过船，开皮坊的人也都在湖里洗皮子，后来湖污染了就被填平了或者是遇到连年大旱，湖干了，那里慢慢地就变成了乱坟岗，1949年以后，乱坟岗被铲平了，在上面又建起了五金厂和咱们这两排房子。父亲点点头，很感慨地说，难怪我那些葡萄树即使浇水不及时，也从没有干死过一棵，它们的根不仅吸收了坟场的养料，还穿过坟场，找到了地下的水源，你看它们走得多深多远啊，人都走不了那么深那么远。

我久久端详着这张古城图，心里对比着今日的县城，到如今，这张图里残留下来的唯有三处建筑了，一处是那座麻叶寺，现在就藏在东街的巷陌深处；一处是那座魁星楼，做了县中学的校门；另外一处就是那座写着"带汾"的古城门了，城门口还长着一棵仙风道骨的老槐，而我小时候穿过那城门的时候，都要故意咳嗽几声，好听到自己的回音。我想，当年制图之人绝不会想到，成百上千年之后，他眼中看到的城池和城中的大部分建筑都会灰飞烟灭，只残留下只瓦片砖，演变成了文物，他当年画下那座城池的时候，一定还是它的鼎盛时期，城内勾栏瓦肆，庙宇相连，有一种人神共庆的欢愉，城内还有却月清波的美景，当年的却波湖，长堤上垂柳如烟，柳烟中掩映着离相寺的塔顶，与湖东面的湖东别墅遥遥相望。那是一座书院，专供文人雅士们在这里聚会清谈，在满月的晚上，文人雅士们还会在月夜泛舟却波湖，在月光下通宵达旦地谈论诗歌与艺术。在这样的丰盈与繁盛之下，他竟给他笔下的图命名为《虚空图》，是因为他预见到了这座城池在时光中即将嬗变出的明日，还是在制图之前，他已经看过了更为古老的城池图，所以顿悟到了那一个瞬间的虚空与深邃？

还有个老人捐赠了一本《交邑皮商志》，书中详细介绍了交县长达三百年的皮商历史，交县皮业发轫于西汉，鼎盛于明清，皮坊又分黑皮坊和白皮坊，以滩皮最著，由于水质适于鞣制毛皮，再加有传统鞣皮裁缝皮货之技艺，所制皮货色泽雪白透亮，毛花均匀若丝，皮板轻柔若绸，故有交皮甲天下之誉。交县境内共有皮坊一百二十七处，其中公盛源、隆和元、四合源所占份额最大。羊皮中有西皮、口皮之论，西路者为交皮，毛细而亮，"俱是鹜爪毛"，羊羔皮银十六两，几与貂皮、白狐皮等价。滩皮工艺复杂，成本昂贵，制一件成品，要经过洗、泡、晒、铲、钉、鞣、吊、压、裁、缝等二十道工序，为皮中珍品。

我一页一页地往后翻着，书中还附有不少老照片作为对文字的注解，因为是复印的，都比较模糊。忽然，有一张照片吸引了我的注意，照片里是一个身穿黑色裘皮的少女，脖子上围一条完整的白狐围脖，有些羞涩地站在照相馆的假幕布前。这张照片让我觉得似曾相识，再一想，竟是在老太太家的墙上见过这张照片，一模一样。我连忙看了看照片下面，有一行小字：民国二十六年隆和元皮坊东家薛锡银次女薛凤鸣全身皮裘照。

我又看了看那一页的文字，是专门介绍隆和元皮坊的。隆和元皮坊开设于清咸丰元年，第一代东家为薛云祥，第二代东家为其子薛贺麟，第三代东家为其孙薛赐银。资本400000银圆，在宁夏、汉口、天津、上海、张家口、陕西等地均设有支庄分号，在天津的字号有天成喜等数家。隆和元皮坊年产滩皮5万余张，另有直毛、杂皮万余张，可制滩皮大褂6000多件，其他产品3000多件。民国十五年算账（三年一算），除每年辅号长期工200余人和季节雇工300余人的各项花费外，按身股和银股24股分红，每股分得银圆3000元。因宁夏的皮质好，所以隆和元皮坊生皮的货源绝大多数来自宁夏，夏天用骆驼运回，冬天做成成衣后，发往北京、天津等地，甚至运往英、法等国。隆和元皮坊位于交县东街走马巷，为南北两院式的套院，院内正房住掌柜，东西厢房住工人，常住人数约150余人。薛赐银无子，仅有两女，长女嫁到太谷一商家。薛赐银去世后，其次女薛凤鸣接管了隆和元皮坊，为隆和元皮坊最后一位东家。薛凤鸣出生于民国十一年，接管隆和元皮坊时年仅23岁，后不知所终，隆和元皮坊彻底衰败。

　　我把那一页拿去给父亲看，他默默看完，什么都没说，只是恭恭敬敬地把这本书摆在了他的小博物馆里。他的那间小博物馆已经渐渐成型了，摆在架子上的展品日益增多，那个在巷子里和我们聊过天的老中医听说了此事后，背着他的空桐过来找父亲，想把这只空桐也赠予父亲。于是这只古老的羊形气球也出现在了父亲的小博物馆里。父亲还把博物馆里的地面修整了一番，用水泥抹平了，再刷上海蓝色的油漆，我有些疑惑地问他，怎么选了个蓝色？他也顾不上回答我，只是和邱三成手忙脚乱地摆弄着什么。我一看，他们在房间周围铺了一圈碎石子，里面还夹杂着些贝壳，估计是从五金厂的院里捡来的，我小时候也经常在那里捡贝壳。石子上插了几株用木棍、铁丝和绿色塑料纸做的假柳树，柳树旁还摆放了一只微型的木塔，与木塔遥遥相望的是一座木头小房子，估计都是出自邱三成之手。

　　看到这柳树和木塔我才恍然大悟，他们这是在模仿当年的却波湖啊，木塔对面的小房子应该就是湖东别墅了。怪不得父亲要把地面油漆成海蓝色，因为那代表着湖水。把却波湖的背景布置好之后，他们把邱三成刚刚做好的一只木船也搬了进来，这木船下面还装了滑轮，便于在陆地上行走。当他们让它静静栖息于海蓝色的地面上时，还真有点像一只抛锚在海面上的船。把这一切都准备停当之后，他们俩又一起把已经不能走路的老太太抬进了木船里。

她已经不能走路，也很少吃东西了，即使把一些她从没见过的热带水果摆在她床前，她也不会再藏起来了，只是与它们安静地对视片刻，便又笨拙地把目光移开。我每日在她的奶瓶里装上牛奶，然后像喂婴儿一样喂她喝下，她的那副假牙被彻底闲置了，却依然那么神出鬼没，不是在枕头下面出现，就是在被子的缝隙里赫然露出，就像在那里忽然长出了一张嘴。还有的时候，那两排牙齿会出现在放水果的碗里，碗里是我给她切好的水果块，她没吃，却把自己的假牙和水果放在了一起，我猜，她的意思可能是，把她的假牙放出去，还它以自由，让它畅快地去吃吧，想吃什么吃什么。肉身可以腐烂，牙齿却不会死亡，它们还真的是拥有比人类更长久的自由和任性。

  大部分时间里她都在昏睡，偶尔清醒的时候就畅游在自己的幻觉里，身体里的那只风箱仍然忠诚地陪伴着她，似乎是怕她太孤独。我每次出现在她眼前的时候，她都会把我幻想成一个不同的角色，有时候是她的母亲，有时候是她的姐姐，有时候是她小时候的伙伴，还有的时候是她的祖母，我像个优秀的演员一样，一个人分饰了多种角色，更可怕的是，为了安慰她，我会不自觉地去配合她的幻觉，努力把自己扮演成她看到的那个角色，当她以为我是她的祖母的时候，我发现自己真的会变得无比慈祥和温柔。我想，再这么继续下去的话，估计我就真的能去当演员了。

他们把她放在木船里,给她垫上褥子,让她坐好之后,便一个人在船的前面拉缆绳,一个人在船的后面推着,一圈一圈地在房间里转着圈。父亲一边推着一边俯身对老太太说,婶婶,你看,我们来却波湖划船了。老太太朝着父亲的脸盯了好一会儿,忽然咧开黑洞洞的嘴巴,满脸的皱纹都堆在了一起,她笑着说,爹,你可来接我了,接我来却波湖划船了。父亲使劲地笑着说,对,爹来接你划船了。

9

老太太去世后，我们把她葬在了东街的坟地里，因为在那里，她也许还能与她那些已经去世的亲人团聚。

又过了一年，父亲重病。到后来，他开始长时间的昏迷，有一次，他昏迷了几天醒来，看见我坐在旁边，就问我，我睡了几天了？我说，三四天了。他说，我白天晚上都在睡啊，文文，你觉得白天好还是晚上好？然后，不等我回答，他又说，其实都一样的，都要过去的，都是个过程。我紧紧抱住他，对他哀求道，老爸，求求你不要走，再陪陪我吧，你走了我一个人会害怕的。他笑着说，文文，你忘了咱们的房子底下是什么了？是个坟场，坟场下面是什么呢，是却波湖，却波湖下面又是什么呢？或许是古代的房子呢，转一大圈，不过是又转回来了，又碰到了，人也是这样，转着转着就又碰到了，这么想想你就不会害怕了。

父亲去世后，我把他的骨灰葬在了"孔雀"的根部，想着有一天当父亲以一串葡萄的形式出生在这个世界上的时候，我与他再次相逢，也是一件美好的事情。

又过了一年多，传闻已久的拆迁终于来到了，五金厂和五金厂的两排宿舍都被列入了拆迁范围。在拆迁之前，我从"孔雀"身上剪下了一根葡萄枝，栽在了花盆里，过了几天，我欣喜地发现，那葡萄枝发芽了。

又过了三年，在那片被拆迁的废墟上面建起了一座新的小区，叫"南苑"，我也在这个小区里分到了一套房子。搬进小区之后我才发现,小区里种了不少花和柳树,还有一个人工湖,不算太大,但布置还算精致,湖中央有一座假山,假山上还立着一座小塔,气韵酷似古城图上的离相寺。

没有几个人会知道,在这人工湖的下面,还埋着一面叫却波的古湖。那日,我在湖边坐了很久,忽然悟到,这面湖其实就是当年的却波湖又兜兜转转地回来了。父亲说得没错,这世上的一切人和事,迟早还会以另一种方式重逢。